來去學客話

海陸腔（初級）

客家語文叢書 總序

　　一個族群的歷史敘述，與他們對自己有沒有信心有極度的相關性，有信心才會有目標，有共同目標，才會團結去追求族群的理想。客家人不管遷徙到哪裡，都是當地的「邊緣人」，因為客家人安身立命，都採取「大分散，小聚居」的營生方式，所以不管在政治經濟的主導、或者對歷史正統、文化特色的表現，總是躲在各族群後面，所以沒多少人知道他的身邊有許多客家人。

　　為什麼會這樣？除了生活採取「大分散，小聚居」的生活方式以外，客家人在大部地區都是少數，最終都被其他大族群融合而轉化成別個族群。另外最致命的就是不能清楚講出自己族群的歷史，反而大家相互表態說自己是中國北方遷來江西福建廣東生活的中原人士。自稱是中原人，只是為了講給別人聽講給自己聽了爽快的自卑心理所造成的，很難改變。雖然近兩十年來，有部分研究者指出客家人不是中原遷徙來的，而是由一向住在廣東福建江西的本地苗瑤畬族人（古南越或山越）轉化而成。不過，這種講法的聲音很小，知道的人不多？最糟糕的是有些人還批評這種說法是「歷史虛無主義」。結果，客家歷史源流到現下還沒有定論。

　　客家人對自己的歷史都還沒搞清楚，所以客家族群就沒有信心沒有目標，大家四分五裂各打江山，結果在哪裡都是邊緣人、隱形人，繼續過著「大分散，小聚居」的生活，慢慢地，客家人就這樣消失了。

　　在這個變動不居的時代，有關客家歷史淵源的研究，不能只靠歷史

文獻或者社會調查田野調查，就想要釐清客家歷史。試想這麼複雜的客家歷史，要如何去正本清源，如何使歷史真相定為一尊？我認為最重要的是要從客家文化研究入手。

　　這裡說的客家文化是和文明對立的：「文明」是追求物質性、普遍性、實用性的現實生活條件，「文化」是追求精神性、獨特性、理想性的恆久精神生活條件。所以，研究客家文化是精神層面的永恆性的價值，要從客家文化的「獨特性」為核心，一一去做分析比較研究，才能看清楚客家文化是具有哪種特色的文化？才能領悟出，到底客家歷史文化是中原下來的還是廣東本地轉化出來的。因此要找出客家文化的「獨特性」，才是今天客家研究的第一課題。也就是說客家研究要從客家語言、客家文學、客家宗教信仰、客家民情風俗、以及客家民謠歌曲戲劇等等文化層面，去找出客家與其他族群不一樣的地方。尤其客家歷史當中，哪些「人」是客家人的祖先？哪些「話」是客人的祖語？哪些「神」是客人的祖先神？哪些「習俗」是客人祖先過的生活？哪些信仰是客家祖先的信仰？也就是說客家研究裡面的精神性、心理性、內在性、特殊性的元素，利用這些獨特性的元素去看客家歷史，去面對真正的客家歷史，大家才能有目標有信心去創造客家的未來。

　　中央大學出版這套客家語文為中心的叢書，是因為語言是文化的載體，任何族群，沒有他的語言就沒有他的文化。所以叢書出版最主要的目標，就是要建立客家文化歷史的真相，要從客家文化的「獨特性」為核心，採用語言文學、民謠戲曲、風俗信仰等等角度，來做深層的客家精神、客家特色、客家歷史的研究。中央大學是全臺灣最早成立客家學院的大學，也是一直維持客家為中心的學院，院內不管博士、碩士、碩士專班、學士學位的系所，名稱全部掛著「客家」兩個字。

掛著「客家」兩個字，就表示你的獨特性，要不然就不必成立客家學院。這二十年來，客家的獨特性，常常惹來不了解客家的人質疑，連客家學院內，也經常有人想要把系所名稱的「客家」拿掉。之所以會這樣想的人，是因為不了解客家文化存在的意義就是他的獨特性，以為去掉「客家」兩字，就可以招生容易發展順利。像其他大學與客家有關的系所，為了招生和發展，系所不敢掛「客家」兩個字，時時就準備廢掉客家學院，這是執事者的見識淺薄、定見不足所造成的。所以，有些執事者被人說長論短批評幾句，就改變成立客家研究學院的原始目標。假如大家都用這樣的膚淺薄弱的立場來辦學，那乾脆停辦客家研學院算了。教育是百年樹人的工作，培養人才是只賠不賺的事業，怎麼可以用有沒有賺錢來當做辦學的標準。賺錢不賺錢那是做生意的商業理念，教育不是做生意，怎可用如此現實利益考量的方式去辦學。

　　二十年來，中央大學站在研究保存客家文化的理想，一直默默地做賠錢工作，堅持培養優秀的客家文化研究與教育人才。這次更為難得，想要集合國內的客家研究力，希望出版一系列有客家文化「獨特性」的著作論文，提供社會各界有心研究推廣客家文化的先進參考，也希望通過這些著作論文做「種子」，提醒大家去了解客家文化是什麼？了解客家研究是什麼？甚至了解真正的客家歷史是什麼？最後希望客家不要再過大分散小聚居的生活了。

羅肇錦

國立中央大學客家語文暨社會科學學系
榮譽教授

推薦序

　　我老家是新竹縣竹東鎮，從小就講海陸的客家話，我一直很自豪自己是客家人也會講客家話。多年前我就通過客家語初級證照，今年我心血來潮，報名考客家語中高級認證，因此認識了這位優秀的客家同學邱祥祐，為了我的考試，他提供了不少資源給我，真是非常感謝他。因此當祥祐要找我寫推薦序時，我毫不遲疑地答應且非常樂意！因為本書是國立中央大學第一本由大學部同學編輯出版的書，而且是教科書！客家語文暨社會科學學系賴維凱老師告訴我，這群「客青」是去年 (2023年) 9月28日，由祥祐召集10位大四到大一的同學，在沒有任何稿酬，只有一個信念的前提下正式編組成軍的，從10月到今年5月，每週二整個上午、週四整個晚上密集開會討論，才把20課的文本初稿完成，著實令人感動！

　　這期間他們還自己寫出版計畫向文化部申請「語言友善環境及創作應用與推廣補助」，獲得80萬元的出版獎助。據我所知，這是文化部有史以來以個人申請客語創作的最高金額，可見編輯團隊對整個出版過程的縝密規畫與用心籌備，面面俱到的構思，才能獲得審查委員的高度青睞。

　　當祥祐向我解說《來去學客話》的編排架構與內容特色時，我認為出版的可能性相當高，於是團隊從6月初申請出版，期間經過嚴格的校內審查、校外委員匿名審查，一直到8月底，收到四個腔調的委員審查意見，每位審查委員都看得非常仔細、非常認真，編輯團隊不敢輕忽根據審委的意見，集思廣益、仔細推敲、並快馬加鞭，每個腔都在一

週內修改完畢,大告功成。

　　我之所以這麼詳細交代這群「客青」從無到有、從申請到通過,從編輯到出版,每一步都是得來不易,一步一腳印的過程,正如同他們書中的內容,鉅細靡遺的透過主題式的「大學生活」情境對話,溫暖的傳達客語能量、遞送客家文化給各位啊!

　　《來去學客話》一書四腔:四縣腔、南四縣腔、海陸腔、大埔腔有各自的特色,其中四縣腔和南四縣腔的聲調相同,語音、詞彙相近,但不全然一樣;海陸腔除了聲調與四縣腔幾乎相反,詞彙也有許多差異;大埔腔乍聽之下像四縣腔,但卻有和海陸腔一樣的舌葉音,不同的詞彙。各腔在語音呈現各自特色,如書中第 34 頁提到:「正來寮」(再見),四縣腔是「zang loiˇ liau」、海陸腔是「zhangˇ loi liau⁺」、大埔腔是「zhang⁺ loiˇ liau`」、南四縣腔則是「nang loiˇ liau」;在詞彙也展現多元價值,如:「謝謝」,四縣腔會說「恁仔細」、海陸腔會說「承蒙」、大埔腔會說「勞瀝」、南四縣腔則說「多謝」;在語法也不盡相同,如連接詞「和……、跟……」四縣腔可以用「同」,也可以用「摎」、海陸腔幾乎用「摎」、大埔腔和南四縣腔只能用「同」,客語各腔的多元風貌和多樣性,光是這些就可以分出彼此特殊之處。

　　書中主角「范」政安、「葉」文希是桃園客家的大姓,想必作者群別出心裁,他們和「若桐」、「宇泰」多采多姿的大學生活,像在看精彩的極短篇故事,總是能令人回憶起那段繽紛絢爛的大學生活。本書雖是教科書,但內容採取情境式對話,簡單易懂,讀起來沒有枯燥無趣的感覺。如:第四課使用社群軟體畫面進行「小組討論」的真實對話,道出壓力大時會想做其他事的趨避心態;第七課「來去看表演」與第十六

課「來去看野球比賽」，幾乎是每位大學生的經歷，透過內容，不但可以一窺大學課後生活的精采，還可以學到交通與飲食的客語句型。

看完「來去客家小館」菜單，令人食指大動，裡頭幾乎是一般人常點的客家特色熱炒與美食；每一課的「諺客料理」更是別出心裁，如：「敢去就一擔樵，毋敢去就屋下愁」、「禾黃水落，飯熟火著」都自然的鑲嵌在對話中而不失傳承的精神。

我身為客家人，閱讀這一本書才感知於客家語的淵博精深，不得不佩服這些「客青」們為傳承客家語的熱誠與努力。親愛的讀者們，就讓我們一起「來去」一窺此書究竟吧！

王文俊

國立中央大學教務長

推薦序

　　幾次在研習與語文競賽的場合裡，總會驚艷於一些年輕人說著輕快流利的客語，態度充分地展現出新一代客家族群的自信，幾經探問下才發現是中央大學客家學院的學生朋友們，忍不住為這樣的培育成效雙手按讚，更深深的好奇「恁讚斗」的年輕朋友是如何學會客語的。直到看到這一本《來去學客話》，好像有點了解這個語言學習的小祕密囉！

　　這一本《來去學客話》不僅是一本語言教材，更是一扇通往客家生活的大門。書中不僅有豐富的語言學習內容，還有許多關於大學生日常的食、衣、住、行、育、樂介紹，讓我們更深入地了解這個生動又充滿生命力的語言，同時也透過書中擬真情境的人物角色對話，使讀者能快速連結自身生活經驗，感受客語在日常生活中的實際應用，也讓我們彷彿跟著書中人物重溫大學生涯，真的是非常奇妙的新體驗。

　　更令人感動的是，這也是一群年輕人融入自己學習客語的經驗與技巧，自發地編寫了實用又具文化價值的客語學習攻略，作者們用生動有趣的情境對話，讓我們在輕鬆愉快的氛圍中學習客語。更充分感受編輯者對於客語學習滿滿的熱情，我相信透過書中的情境對話、實用句型和豐富的插圖，學習客語不再是枯燥乏味的一件事。

　　如果你想快速提升客語能力，又想深入了解客家文化，這本書絕對是你的最佳選擇！

范姜淑雲

新北市秀山國小退休教師

編輯序

《來去學客話（初級）》青年客語教材出版咧！

對客語升做國家語言到今，客語傳承還係面臨嚴條个挑戰同危機！為著分較多後生人摎大學生有機會接觸、學習同使用客話，改善客語流失危機，分國家語言揜腹實落，偲精心打造吧這本以「後生學習者做主角」个客語教材，將客語个靚傳承分新世代，分客語在青春个熱情當中延續、發光！

《來去學客話》个主要特色在生活化个內容設計，教材裡肚个情境以大學日常生活為主，包含課堂、社交、休閒、飲食、家庭、生涯等主題。透過情境對話，讀者做得在實際个生活場景當中，感受著客語个應用價值；教材肚融入象徵智慧結晶个客家俗諺，提供較深層次个文學內涵；還過用客語能力認證詞彙分類做課次安排，用字、拼音乜以認證詞彙同臺灣客語辭典為主。

這本書包含「『客』製化音標教學」、「客語基礎生活用語」、「認證詞彙主題情境對話文本」同「客語能力初級認證應考策略」四個章節。音標教學主要摎手讀者建立客語拼音个基礎，做得自主學習文本；生活用語對「食衣住行育樂」列舉大學生活常用詞彙摎句型，分讀者對生活客語有初步體會；情境文本用輕鬆活跳个日常對話，引起閱聽者共鳴還過激發學習客語个興趣，提升客語能力、認識客家文化。掌握認證考試前準備个策略以後，就還較有信心挑戰客語初級能力認證考試。

教材个編寫內容係「國立中央大學客家語文暨社會科學學系」11儕㧡等客語傳承使命个大學生辛苦煞猛創作，在這位誠心感謝所有完成這本書个美術編輯、核校委員、審查專家、錄音團隊、試讀者等等。大家个創意、智慧同奉獻，分這本教材做得順利問世，期待做得激發過較多後生世代對客語摎客家文化个興趣，促進客語个保存、傳承同發展。

　　包尾，誠心誠意邀請各位親愛个朋友，共下踉等書項个主角──政安、文希、宇泰、若桐，行入精彩充實个大學生活，體驗靚膩膩仔个客語世界。

　　來哦！共下來去學客話！

邱祥祜

國立中央大學客家語文暨社會科學學系
客家語文研究所碩士生

　　　　甲辰年葭月廿一（冬節）
誌於國立中央大學客家學院

總審定序

為何要編《來去學客話》這樣的一本青年教材？

　　目前市面上除了國小到高中有教育部的分級教材、客家委員會12年國教「來上客」數位教材可供選擇。給大學生或成人學習客語的教材，能提供的選擇少之又少，能想到的就是「哈客網路學院」或「客語能力認證詞彙」，這對於成人想自學或重拾客語的機會是不利的。為此，編輯團隊從「配合客語能力認證基礎級暨初級詞彙」和「結構式的主題情境對話」這兩大框架結合出發，希冀為青年人帶來保存、傳承客語的契機。

　　站在學習者的角度，想輕鬆的學好客語，若能結合過往生活的經驗，從日常對話開始，一來一往具有「溝通互動」會有加乘的效果。若只是將認證詞彙的語詞、例句或模擬題庫死記硬背，極可能造成認證通過卻不敢開口說的窘境，因為真正的口說能力尚未達到。本書為符合客家相關系所大學生、客家重點發展區公教人員或一般成年人的需求，不僅有大量的基礎級／初級詞彙，也有 63 句以上的句子可供練習，當然也包含食衣住行育樂將近 100 句的生活常用句，以及融入在每課大約 1~3 句的客家俗諺（諺客料理），這是編輯團隊為了使文本內容不僅能達到傳承客語的目的，也能保存客家文化的初心。

　　值得一提的是，本書所有內容，有超過 1000 個詞和《客語能力認證基礎級暨初級基本詞彙》相同，覆蓋率高達 75% 以上。這樣高比例的基礎級／初級詞彙，要在「夠生活化」、「具創作性」以及「有結構

性」的嚴苛條件下產出文本，對作者來說是相當不容易的。更難得的是，當初團隊還設定了儘量以「不同詞形」（如：華語「熱鬧」、「僅僅」、「努力」，客語為「鬧熱」、「單淨」、「煞猛」）作為重要語詞，以協助讀者掌握客語在前後文脈絡意思的目標，若非團隊合作與向心力，無法一個人做到。

教師、學生如何學習、如何教《來去學客話》？

不管是做為大學的客語教材，或是客家後生想自學，都可以先透過概覽全文做第 1 步「由上而下」的理解，因為客語和華語是一樣的漢語系統，有很多地方僅是用語的不同；第 2 步就是透過拼音嘗試唸出句子，和他人或自己進行「角色扮演」的對話，若有不懂的語句，先根據前後文猜測可能的意思後再看註釋，才能主動建構對客語的熟悉度；第 3 步則是藉由閱讀理解、句型練習和口語表達題目，訓練自己對文章的熟悉程度、語句書寫活用情形以及口說能力是否隨詞彙量增加而進步。本書少部分詞彙來自於中級或中高級詞彙，這是在自然對話中產生，而非刻意製造，但某種程度也呼應了 Krashen 第二語言習得理論「輸入假說」的「i+1」模式，對於部分已有基本閱讀和聽力的讀者，應是更有利於學習的。

在四本書都有的「小教室」，相信可以解決大部分的方音差異和增長客語知識。主要目的在讓讀者理解：1. 字音差異—「客語認證詞彙資料庫」和「臺灣客語辭典」極少部分用字、語音的不同；2. 地方差異—各腔皆然，尤其是至少 3 種次方言的南四縣腔。如：常用語詞「來去」的連音、毛蟹、研究、停動……等，四腔都做了簡易說明。教學者可按自身的慣用腔調、用語替換，讓角色扮演、合作學習、情境討論、差異

化教學，透過「溝通為主」的任務、能力、內容、探究、文本導向等教學法在不同課文中實施。

隨著 AI 人工智慧的問世，客語幾乎可以透過網路「跈嘴尾」，但教學的理想境界在「教是為了不教，學是為了自學」。學習「拼音」是除了沉浸在客語環境外，唯一可以達到目的的關鍵與工具，善用「客語音標教學」搭配拼讀與聽寫是最紮實的訓練。我們可以透過「來去客家小館」的美食菜單，到客語友善餐廳點菜；結合「服務學習」課程到當地社區用客語和長輩互動；以客語轉換華語的方式讓 AI 繪製合乎情境的圖，或請 AI 改編切合自身需求的對話內容；在宿舍、租屋處或家裡，和好友、家人在聊天、休閒活動中說 1、2 句客語開始，可大大提高對文本的理解與生活運用。

一本書的完成，實在不易！尤其是眾人創作、眾人核校、眾人審閱的教科書！本書雖歷經四縣腔 4 位、海陸腔 4 位、南四縣腔 5 位、大埔腔 6 位專家委員提出修正建議與細心核校，但初試啼聲，仍難免有疏漏之處，若有任何訛誤，責任當在審定者身上。

國立中央大學客家語文暨社會科學學系
助理教授

目錄

來去學客話：海陸腔（初級）

總　　　序	羅肇錦	國立中央大學客家語文暨社會科學學系榮譽教授	2
推　薦　序	王文俊	國立中央大學教務長	5
推　薦　序	范姜淑雲	新北市秀山國小退休教師	8
編　輯　序	邱祥祐	國立中央大學客家語文暨社會科學學系客家語文研究所碩士生	9
總審定序	賴維凱	國立中央大學客家語文暨社會科學學系助理教授	11

本書架構　　　　　　　　　　　　　　　　　　　16
來去學客話个組成成分

「客」製化音標教學 / 林以晴　　　　　　　　22
共下來學拼音！

生活詞彙 & 常用句 / 邱祥祐　　　　　　　　　34
來看日常會用著个詞彙摎句型！

情境文本

第一課 來去社團博覽會	69	第十一課 放寮，出去寮	163
第二課 來去分先生看	77	第十二課 來去姐婆屋下寮	173
第三課 大學生活	85	第十三課 共下去早八	183
第四課 共下小組討論	95	第十四課 來去食晝	193
第五課 天時當好去野餐	107	第十五課 準備期中考	205
第六課 來去食冰	117	第十六課 來去看野球比賽	215
第七課 來去看表演	127	第十七課 政安个放寮日	227
第八課 你想參加麼个比賽？	137	第十八課 未來愛做麼个頭路-1	239
第九課 過年來拚掃	147	第十九課 未來愛做麼个頭路-2	247
第十課 懷念个一擺旅行	155	第二十課 五月節無食粽仔	255

客語能力認證初級應考策略 / 邱祥祐　　264

客語能力認證初級重要詞彙 / 邱祥祐　　269

參考資料　　280

本書架構

《來去學客話》學習平臺

第一章:「客」製化音標教學

「音標」是對客語不熟悉或想讓客語更精進的學習者最為重要的輔助工具。本章先解析客語聲母、韻母、聲調音節的結構,再搭配聽力、口語練習題訓練聲韻調組合拼音,理解變調規則及運用詞彙對比,提升讀者使用拼音之熟悉度。

第二章:生活詞彙 & 常用句

根據「食衣住行育樂」主題,列舉大學生活常用詞彙、例句與句型,如:宿舍起居、課業討論、人際互動、休閒娛樂等,與日常生活緊密相連,結合號碼數字、家人稱謂、時間軸、臺灣地圖和客家美食等,易於記憶且能在實際生活情境中練習使用,更能有效提高口語表達能力。

第三章：情境文本

生活情境對話

文本內容透過對話方式，以多元且實際的情境描述大學日常生活，包括群組討論、早八課程、家庭、旅遊、飲食、休閒、生涯規劃、客家文化等，使讀者能快速連結自身生活經驗，感受客語在日常生活中的實際應用與言談價值，易於掌握學習內容，同時也更容易將所學的客語知識融入日常溝通中。

客語認證詞彙融入

每一課皆將客語能力認證基礎級、初級詞彙融入生活情境對話文本中，透過詞彙螺旋式呈現達到更佳的學習效果，使閱聽人能夠循序漸進擴展自身客語詞彙量，培養客語文的基礎知識。

句型練習

各課文本皆設計 2 句生活常用句的練習，透過例句與語法的運用使讀者熟悉客語基礎句型，並得以將句型實際運用於生活中，促使閱聽對象能以客語與他人互動交流，進行日常生活對話，同時可掌握客語語言結構、語意與邏輯觀念。

諺客料理

本書將經典客家諺語、師傅話融入每一課的文本內容，增加俗諺實際應用的價值。客家俗諺為客家先民智慧累積的語言文化，透過客家諺語瞭解客家文化之文學內涵，認同客家語言和文化的傳承與發展。

試題練習

針對文本內容設計閱讀理解練習題組，幫助讀者評量自身學習成效，自我檢視學習進度，並逐題加深加廣，再透過口語表達題型，增進客語思考與口說能力。

拼音練習

本書1至5課之課後試題，特別銜接第一章的「客」製化音標教學設計拼音練習，透過文本內容的連結，強化讀者之拼音能力，為客語拼音奠定紮實基礎。

主題式美編

配合文本繪製精美插圖，使內容更生動有趣，引發學習興趣。此外，每課的插圖都可成為口語表達的素材，透過描述、對話的互動，使用所學客語進行情境對話練習，提供多樣豐富的學習元素，促進語言能力的提升。

線上學習平臺

線上學習平臺的設置介面包含角色介紹、音檔專區、華語翻譯、試題解答等。透過線上平臺之建立，整合多元的學習資源，包括拼音、句型、文本音檔，使學習更加豐富多樣。

第四章：客語能力初級認證應考策略

針對客家委員會每年舉辦的客語能力認證考試，提供應考策略供讀者參考，並提供考前須知、考前準備方式與客語能力認證初級重要詞彙等，希望讀者掌握應考策略並深入學習文本後，能夠順利通過客語能力認證初級或中級以上考試。

角色介紹　主角群

范　政　安
fam⁺ zhin˅ onˋ

小名：小安
生日：2004/09/23
星座：天秤座
興趣：畫畫、美術

登場集數：

1、2、3、4、5、7、8、
10、11、12、14、16、
17、18、19、20

葉　文　希
rhabˋ vun hi

小名：小文
生日：2004/11/25
星座：射手座
興趣：打羽毛球

登場集數：

3、4、5、7、8、10、
12、13、14、16、17、
19、20

小安、小文的大學同班同學、室友

若　桐
rhogˋ tung

生日：2005/04/16
星座：牡羊座
興趣：露營

登場集數：

4、5、6、8、12、13、
15、20

小安、小文的大學同班同學、室友

宇　泰
rhi˙ tai˅

生日：2005/03/01
星座：雙魚座
興趣：唱歌、饒舌

登場集數：

1、2、4、5、6、7、8、9、
10、11、12、15、20

角色介紹

配角群

宇泰阿爸

宇泰阿姆

政安阿爸

政安阿姆

政安阿姨

若桐姐婆

邱先生

賴先生

「客」製化音標教學

客家語音節結構

聲母	韻母			聲調	
	韻頭	韻腹	韻尾	調類/調值/調型	
b、p、m f、v、d、t n、l、……	i、u	a、e、i o、u、ii	i、o、m n、ng、b d、g、……	陽平55 ( ) 上聲24 (ˊ) 陰去11 (ˇ) 陰平53 (ˆ) 陽去33 (⁺)	陰入5 ( ) 陽入2 (ˋ)

舉例

海 hoiˊ — 聲母+韻腹+韻尾+聲調

陸 liugˋ — 聲母+韻頭+韻腹+韻尾+聲調

腔 kiongˋ — 聲母+韻頭+韻腹+韻尾+聲調

邱老師小教室

一、主要元音 a、e、i、o 加聲調即可成為最基本的音節

二、學拼音的兩大能力
(一) 看著拼音唸出讀音
(二) 聆聽語音寫出拼音

兩種能力都要具備哦!

聲母符號表

客家語拼音	b	p	m	f	v
注音符號	ㄅ	ㄆ	ㄇ	ㄈ	万
客家語拼音	d	t	n	l	
注音符號	ㄉ	ㄊ	ㄋ	ㄌ	
客家語拼音	g	k	ng	h	
注音符號	ㄍ	ㄎ	ㄫ	ㄏ	
客家語拼音	zh	ch	sh	rh	
注音符號	ㄓ	ㄔ	ㄕ	ㄖ	
客家語拼音	z	c	s		
注音符號	ㄗ	ㄘ	ㄙ		

小試身手　（聽老師唸以下例字，寫出他們的聲母吧！）

1. 櫃 ___ui⁺
2. 放 ___iongˇ
3. 凳 ___enˇ
4. 謝 ___ia⁺
5. 為 ___ui⁺
6. 笑 ___iauˇ
7. 危 ___ui
8. 深 ___im`
9. 函 ___am
10. 接 ___iab

韻母

單韻母（主要元音）

客家語拼音	a	e	i	o	u	ii
注音符號	ㄚ	ㄝ	ㄧ	ㄛ	ㄨ	ㄭ

輔音韻尾

客家語拼音	m	n	ng	b	d	g
注音符號	ㄇ	ㄋ	ㄤ	ㄅ	ㄉ	ㄍ

成音節輔音

客家語拼音	m	n	ng
注音符號	ㄇ	ㄋ	ㄤ

韻母練習＆複習

主要元音

客家語拼音	a	e	i	o	u	ii
注音符號	ㄚ	ㄝ	ㄧ	ㄛ	ㄨ	ㄭ

★ 除成音節輔音外，主要元音在拼音中一定會出現

韻母組合

- a + i -> ai (ㄞ)　　　　　　例：低 dai`、大 tai⁺
- a + u -> au (ㄠ)　　　　　　例：包 bau`、鬧 nau⁺
- e + u -> eu (ㄝㄨ)　　　　　例：頭 teu、樓 leu
- i + a -> ia (ㄧㄚ)　　　　　例：這 lia´、姐 zia´
- i + e -> ie (ㄧㄝ)　　　　　例：契 kieˇ、艾 ngieˇ
- i + o -> io (ㄧㄛ)　　　　　例：瘸 kio、靴 hio`
- i + u -> iu (ㄧㄨ)　　　　　例：有 rhiu`、球 kiu
- i + a + u -> iau (ㄧㄠ)　　　例：吊 diauˇ、寮 liau⁺
- i + e + u -> ieu (ㄧㄝㄨ)　　例：扣 kieuˇ、狗 gieu´
- o + i -> oi (ㄛㄧ)　　　　　例：愛 oiˇ、來 loi
- u + a -> ua (ㄨㄚ)　　　　　例：瓜 gua`
- u + e -> ue (ㄨㄝ)　　　　　例：闋 kue
- u + i -> ui (ㄨㄧ)　　　　　例：內 nui⁺、雷 lui
- u + a + i -> uai (ㄨㄚㄧ)　　例：乖 guai`

韻尾

> 特色

- **-m** 雙唇鼻音韻尾（雙唇閉口）
- **-n** 舌尖前鼻音韻尾（發音類似華語「ㄣ」）
- **-ng** 舌尖後鼻音韻尾（發音類似華語「ㄥ」）
- **-b** 雙唇塞音韻尾（入聲，發音短促，且須閉口）
- **-d** 舌尖塞音韻尾（入聲，發音短促）
- **-g** 軟顎塞音韻尾（入聲，發音短促）

a	e	i	o	u	zhi	chi	shi	
am	em	im			zhim	chim	shim	m
an	en	in	on	un	zhin	chin	shin	n
ang			ong	ung				ng
ab	eb	ib			zhib		shib	b
ad	ed	id	od	ud	zhid	chid	shid	d
ag			og	ug				g

ia	ie	io	iu	ua	ue	
iam	iem					m
	ien	ion	iun	uan	uen	n
iang		iong	iung	uang		ng
iab	ieb					b
	ied	iod	iud	uad	ued	d
iag		iog	iug	uag		g

d 入聲韻尾與 g 入聲韻尾比較

試著唸看看 ad 和 ag

ad：舌尖會在上下門牙之間　　ag：舌頭貼近上顎，有遮住喉嚨的感覺

韻尾發音練習 （客語中不一定有以下組合，僅作練習使用）

am	an	ang	ab	ad	ag
em	en	eng	eb	ed	eg
im	in	ing	ib	id	ig
om	on	ong	ob	od	og
um	un	ung	ub	ud	ug

m 韻尾

am	男 nam	籃 lam	尖 ziam`
em	揞 em`	森 sem`	撍 zemˊ
im	金 gim`	心 sim`	針 zhim`
iam	甜 tiam	廉 liam	嚴 ngiam
iem	拿 giem	拿 kiem	淹 ngiemˇ

n 韻尾

an	半 banˇ	滿 man`	山 san`
uan	關 guan`	擐 kuan+	玩 nguan
en	恩 en`	冰 ben`	層 cen
ien	變 bienˇ	牽 kien`	錢 cien
uen	耿 guenˊ	捃 guenˇ	炯 guenˊ
on	飯 pon+	寒 hon	轉 zhonˊ
ion	全 cion	旋 cion+	吮 cion`
un	本 bunˊ	困 kunˇ	孫 sun`
iun	君 giun`	痕 hiun	忍 ngiun`
in	定 tin+	鄰 lin	神 shin

ng 韻尾

ang	聽 tangˇ / tangˋ	另 nang⁺	生 sang
iang	餅 biangˊ	坪 piang	領 liang
uang	梗 guangˋ	莖 guangˊ	脛 guang / guangˊ
ong	傍 bong	望 mong⁺	張 zhongˋ
iong	放 biongˇ	強 kiong	香 hiong
ung	風 fungˋ	冬 dungˋ	用 rhung⁺
iung	共 kiung⁺	龍 liung	縱 ziungˊ

b 韻尾

ab	法 fab	踏 tabˋ	插 cab
iab	夾 giabˋ	接 ziab	捷 ciabˋ
eb	擲 debˋ	垃 leb	圾 seb
ieb	激 giebˋ	挷 kieb	
ib	笠 lib	急 gib	十 shibˋ

d 韻尾

ad	八 bad	察 cad	煞 sad
ed	逼 bed	得 ded	忒 ted
ied	別 piedˋ	鐵 tied	熱 ngiedˋ
id	力 lidˋ	質 zhid	日 ngid
od	脫 tod	割 god	渴 hod
iod	嗾 ziodˋ		
ud	突 tud	骨 gud	術 sudˋ
iud	屈 kiud		
uad	刮 guad	括 guad	聒 guad
ued	國 gued	膕 guedˋ	

g 韻尾

ag	白 pag`	逐 dag	客 hag
iag	壁 biag	劇 kiag	額 ngiag
og	剝 bog	拍 pog	學 hog`
iog	躍 ciog	削 siog	腳 giog
ug	屋 vug	讀 tug`	鹿 lug`
iug	菊 kiug	足 ziug	肉 ngiug
uag	恝 guag`	梏 kuag	

聲調

調類	陰平	陽平	上聲	陰去	陽去	陰入	陽入
調型	a`	a	a´	aˇ	a⁺	ag	ag`
調值	53	55	24	11	33	5	2

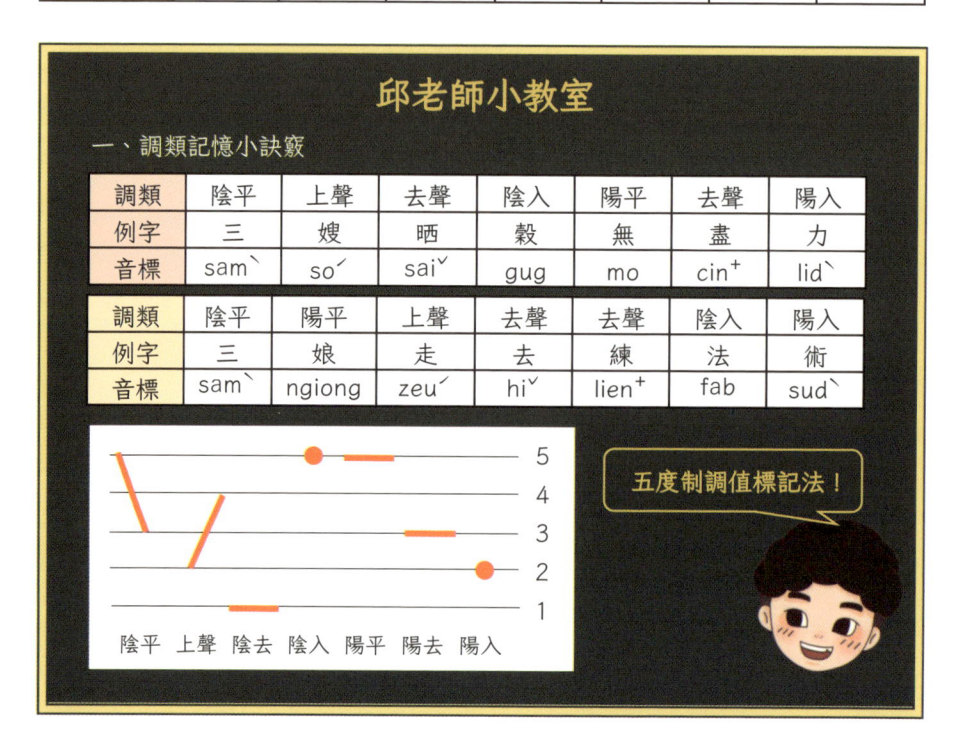

邱老師小教室

一、調類記憶小訣竅

調類	陰平	上聲	去聲	陰入	陽平	去聲	陽入
例字	三	嫂	晒	穀	無	盡	力
音標	sam`	so´	saiˇ	gug	mo	cin⁺	lid`

調類	陰平	陽平	上聲	去聲	去聲	陰入	陽入
例字	三	娘	走	去	練	法	術
音標	sam`	ngiong	zeu´	hiˇ	lien⁺	fab	sud`

五度制調值標記法！

陰平　上聲　陰去　陰入　陽平　陽去　陽入

變調規則

1. 當上聲字作為前字時，大多會唸為陽去調，但音標仍標本調。
2. 當陰入字作為前字時，大多會唸為陽入調，但音標仍標本調。

詞彙舉例	本調	變調
水杯仔	shui ́ bui ` er	shui⁺ bui ` er
鎖匙	so ́ shi	so⁺ shi
逐日	dag ngid	dag ` ngid
笠嫲	lib ma	lib ` ma
客家	hag ga `	無變調
六點	liug diam ́	無變調

＊海陸腔「數字在前」多不變調。

邱老師小教室 對比詞彙

iu / ui
有水 rhiu ` shui ́
酒鬼 ziu ́ gui ́

un / ung
運用 rhun⁺ rhung⁺

on / ion
安全 on ` cion

un / ong
損傷 sun ` shong `

on / ong
觀光 gon ` gong `

on / un
酸筍 son ` sun ́

ung / ong
總講 zung ́ gong ́
天公 tien ` gung `
天光 tien ` gong `

iung / iong
共 kiung⁺
強 kiong

un / ung
粉紅 fun ́ fung ́
焚風 fun fung `

iong / iun
將軍 ziong ` giun `

在練習時，可將容易混淆、相似之音標，用此對比方式進行口說練習！

聽寫練習

（聽老師唸完以下的字之後，寫出完整音標）

1. 習 s＿＿＿
2. 乳 n＿＿＿
3. 漢 h＿＿＿
4. 東 d＿＿＿
5. 然 rh＿＿＿
6. 村 c＿＿＿
7. 吂 m＿＿＿
8. 桐 t＿＿＿
9. 英 rh＿＿＿
10. 當 d＿＿＿
11. 嫌 h＿＿＿
12. 箱 s＿＿＿
13. 斟 zh＿＿＿
14. 漆 c＿＿＿
15. 劇 k＿＿＿
16. 善 sh＿＿＿

| **終極練習活動** | 試著拼拼看以下的詞彙，並找出聲母、韻頭、韻腹和韻尾吧！ |

1. 衫褲 _____
2. 弓蕉 _____
3. 過橋 _____
4. 總共 _____
5. 戲棚 _____
6. 杯仔 _____
7. 朋友 _____
8. 開門 _____
9. 歡喜 _____
10. 檔案 _____
11. (自己的姓名)

童謠

月光光，秀才娘
ngied` gong` gong` , siuˇ coi ngiong

船來等，轎來扛
shon loi den´ , kiau⁺ loi gong`

一扛扛到河中央
rhid gong` gong` doˇ ho dung` ong`

蝦公毛蟹拜龍王
ha gung` mo` hai´ baiˇ liung vong

龍王腳下一蕊花
liung vong giog ha` rhid lui fa`

拿分阿妹轉妹家
na` bun` a⁺ moiˇ zhon´ moiˇ ga`

轉到妹家笑哈哈
zhon´ doˇ moiˇ ga` siauˇ ha` ha`

羊咩咩，十八歲
rhong me me ， shib˙ bad soiˇ

坐火車，轉外家
coˋ foˊ chaˋ ， zhonˊ ngoi⁺ gaˋ

坐到梅樹下
coˋ doˇ moi shu⁺ haˋ

兩斗米打粢粑
liongˊ deuˊ miˊ daˊ ci baˋ

無糖好搵搵泥沙
mo tong hoˊ vunˇ vunˇ nai saˋ

結舌令

1

白紙貼白壁
pag` zhiˊ dab pag` biag

蛤蟆飆上壁
ha ma biau` shong` biag

壁上掛刀刀掛壁
biag shong` guaˇ do` do` guaˇ biag

2

土粗布，粗布褲
tuˊ cu` buˇ ，cu` buˇ fuˇ

粗布褲上補粗布
cu` buˇ fuˇ shong⁺ buˊ cu` buˇ

土粗布補粗布褲
tuˊ cu` buˇ buˊ cu` buˇ fuˇ

3

牛郎戀劉娘，劉娘念牛郎
ngiu long lien⁺ liu ngiong，
liu ngiong ngiam⁺ ngiu long

牛郎年年戀劉娘，劉娘連連念牛郎
ngiu long ngien ngien lien⁺ liu ngiong，
liu ngiong lien lien ngiam⁺ ngiu long

牛郎戀劉娘，劉娘念牛郎
ngiu long lien⁺ liu ngiong，
liu ngiong ngiam⁺ ngiu long

郎戀娘來娘念郎。
long lien⁺ ngiong loi ngiong ngiam⁺ long。

生活詞彙&常用句

常用單字 / 詞

你	𠊎	佢	愛	摎	个
ngi	ngai	gi	oiˇ	lau `	gaiˇ
你	我	他	要	和	的

在	去	會	當	係	個
diˇ	hiˇ	voi⁺	dong `	heˇ	gaiˇ
在	去	會	很	是	個

偲俚	𠊎兜	佢兜	你兜	這兜	該兜
en ` li	ngai deu `	gi deu `	ngi deu `	liaˊ deu `	gai deu `
我們	我們	他們	你們	這些	那些

吾	𠊎个	若	你个	厥	佢个
nga	ngai gaiˇ	ngia	ngi gaiˇ	gia	gi gaiˇ
我的	我的	你的	你的	他的	他的

承蒙	毋使細義	恁早	食飽吂	敗勢	正來寮
shin mung	m siiˊ seˇ ngi⁺	anˊ zoˊ	shid ` bauˊ mang	pai⁺ sheˇ	zhangˇ loi liau⁺
謝謝	不用客氣	早安	吃飽了沒	對不起	再見

「在」的讀音有 diˇ / cai⁺ / doˇ / du⁺，表示指「地點」時，本書皆統一標「diˇ」
coi `：表示活著、存在。
「偲俚」包含聽話者的所有人，而「𠊎兜」不包含聽話者。
「食飽吂」通常不單指詢問「吃飽了沒」，也代表日常問候的意思。

配合題 （將客語與華語翻譯的詞彙做配對！）

華語 / 客語
( ) 謝謝　　　(1) 恁早
( ) 不用客氣　(2) 敗勢
( ) 早安　　　(3) 正來寮
( ) 吃飽了沒　(4) 承蒙
( ) 對不起　　(5) 毋使客氣
( ) 再見　　　(6) 食飽盲

華語 / 客語
( ) 我　(1) 佢
( ) 的　(2) 愛
( ) 要　(3) 个
( ) 和　(4) 當
( ) 他　(5) 摎
( ) 很　(6) 厓

華語 / 客語
( ) 我們（不含受話者）　(1) 你兜
( ) 　　　　　　　　　(2) 厓兜
( ) 我們（含受話者）　　(3) 偲俚
( ) 　　　　　　　　　(4) 佢兜
( ) 他們
( ) 你們

華語 / 客語
( ) 我的　(1) 厓个
( ) 我的　(2) 厥
( ) 你的　(3) 吾
( ) 你的　(4) 佢个
( ) 他的　(5) 若
( ) 他的　(6) 你个

數字詞彙練習

零	一	二	三	四	五	六	七
lang	rhid	ngi⁺	sam`	siˇ	ngˊ	liug	cid

八	九	十	兩	百	千	萬	億
bad	giuˊ	shib`	liongˊ	bag	cien`	van⁺	rhiˇ

時間詞彙練習

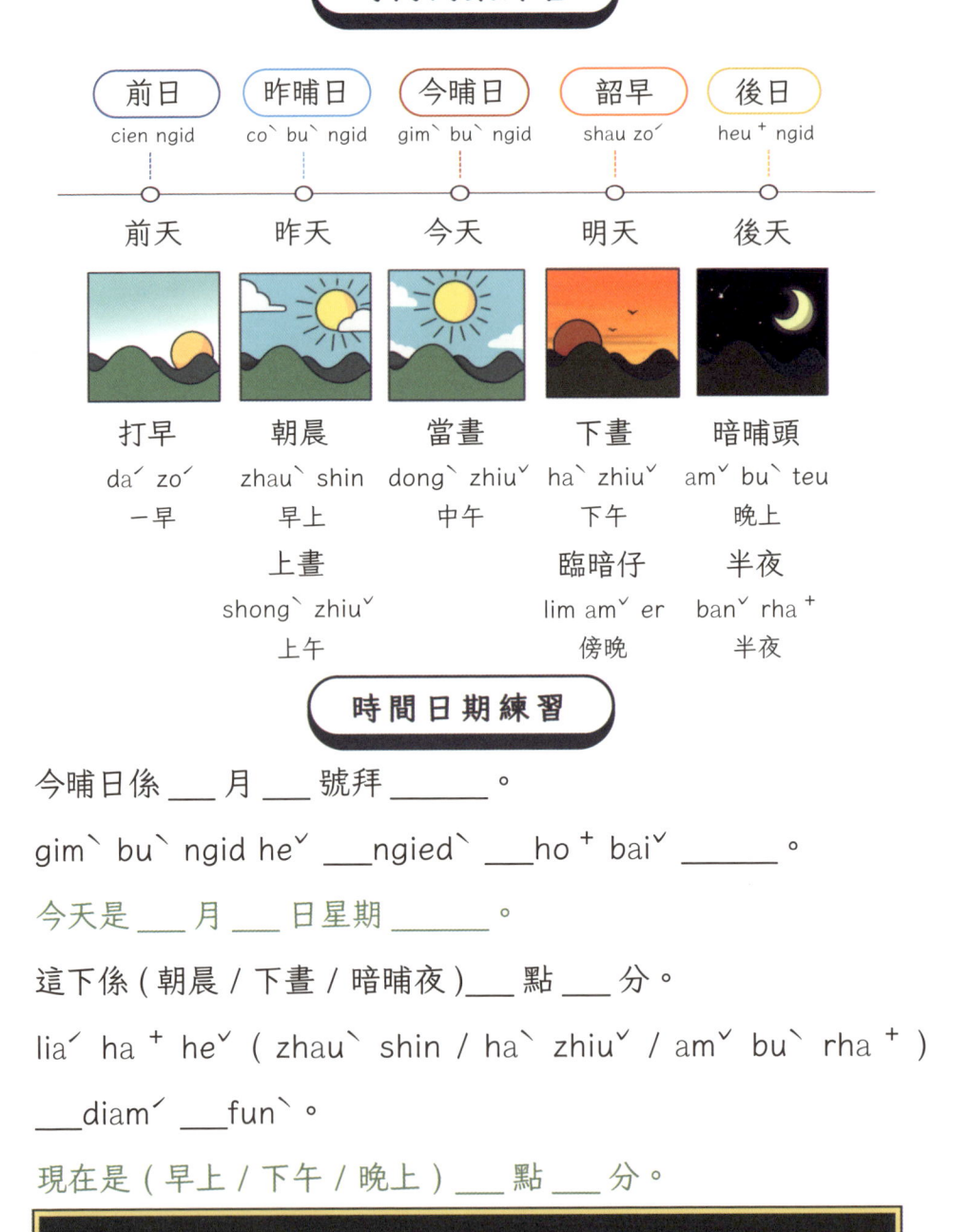

前日	昨晡日	今晡日	韶早	後日
cien ngid	co` bu` ngid	gim` bu` ngid	shau zo´	heu⁺ ngid
前天	昨天	今天	明天	後天

打早	朝晨	當晝	下晝	暗晡頭
da´ zo´	zhau` shin	dong` zhiuˇ	ha` zhiuˇ	amˇ bu` teu
一早	早上	中午	下午	晚上
	上晝		臨暗仔	半夜
	shong` zhiuˇ		lim amˇ er	ban` rha⁺
	上午		傍晚	半夜

時間日期練習

今晡日係 ___ 月 ___ 號拜 _____。

gim` bu` ngid heˇ ___ngied` ___ho⁺ baiˇ _____。

今天是 ___ 月 ___ 日星期 _____。

這下係 (朝晨 / 下晝 / 暗晡夜)___ 點 ___ 分。

lia´ ha⁺ heˇ (zhau` shin / ha` zhiuˇ / amˇ bu` rha⁺ ) ___diam´ ___fun`。

現在是 (早上 / 下午 / 晚上) ___ 點 ___ 分。

邱老師小教室　用於「___點」時,「二」要用「兩 liong´」
表達週日時,亦會用「禮拜」、「禮拜日」。

電話號碼練習

俚个電話號碼係：_____。

ngai gaiˇ tien⁺ faˇ ho⁺ maˋ heˇ : _____。

我的電話號碼是：_____。

俚个 LINE ID 係：_____。

ngai gaiˇ LINE ID heˇ : _____。

我的 LINE ID 是：_____。

金錢練習

____萬____千____百____十____個銀。

____van⁺ ____cienˋ ____bag ____shibˋ ____gaiˇ ngiun。

____萬____千____百____十____元。

> **邱老師小教室**　用於金錢時，「二」要用「兩 liongˊ」
> 如遇到華語「兩萬『零』三百」時，可用「兩萬『空』三百」個銀。

1

____千____百____十____個銀。

____cienˋ ____bag ____shibˋ ____gaiˇ ngiun。

2

____萬____千____百____十____個銀。

____van⁺ ____cienˋ ____bag ____shibˋ ____gaiˇ ngiun。

生活數字練習

1 請翻到課本第_____頁。

ciang´ fan` do˘ ko˘ bun´ ti⁺ _____ rhab`。

請翻到課本第_____頁。

2 到火車頭愛坐_____號公車。

do˘ fo´ cha` teu oi˘ co` _____ ho⁺ gung´ cha`。

到火車站要坐_____號公車。

3 教室在____樓。

gau˘ shid di˘ ____ leu。

教室在____樓。

4 在_____教室上課。

di˘ _____ gau˘ shid shong` ko˘。

在_____教室上課。

5 這學期倨修_____學分。

lia´ hog` ki ngai siu` _____ hog` fun`。

這學期我修_____學分。

6 倨戴_____舍_____號房。

ngai dai˘ _____ sha˘ _____ ho⁺ fong。

我住_____舍_____號房。

7 佢考＿＿＿＿分。

gi kauˇ ＿＿＿＿ fun`。

他考＿＿＿＿分。

8 吾屋下有＿＿＿＿儕，有＿＿＿＿＿＿＿＿＿＿＿＿。

nga vug ha` rhiu` ＿＿＿＿ sa，rhiu`＿＿＿＿＿＿＿＿＿＿＿。

我的家裡有＿＿＿＿個人，有＿＿＿＿＿＿＿＿＿＿＿＿。

詞彙練習

教室	戴	屋下	儕
gauˇ shid	daiˇ	vug ha`	sa
姐公	姐婆	阿爸	阿姆
ziaˊ gung`	ziaˊ po	a⁺ ba`	a⁺ me`
阿公	阿婆	阿哥	阿姊
a⁺ gung`	a⁺ po	a⁺ go`	a⁺ ze
老妹	老弟	阿姑	阿叔
loˊ moiˇ	loˊ tai`	a⁺ gu`	a⁺ shug
阿伯	阿姨	阿舅	
a⁺ bag	a⁺ rhi	a⁺ kiu`	

邱老師小教室　「阿姊」不可以寫為「阿姐」。

自我介紹攻略

大家好，厓安到_____，今年_____歲
tai⁺ ga` ho´, ngai on` do˘ _____ , gim` ngien ____ soi˘
大家好，我叫做_____，今年_____歲

厓係_____（縣市）_____（鄉鎮市區）人
ngai he˘ ____（rhan˘ shi⁺）
_____（hiong` zhin´ shi⁺ ki`）ngin
我是_____　，_____人

這下讀_____大學_____系_____組___年生
lia´ ha⁺ tug` _____ tai⁺ hog` _____ ne˘
_____ zu` ____ ngien sen`
現在讀_____大學_____系_____組_____年級

請大家多多指教，承蒙！
ciang´ tai⁺ ga` do` do` zhi´ gau˘, shin mung！
請大家多多指教，謝謝！

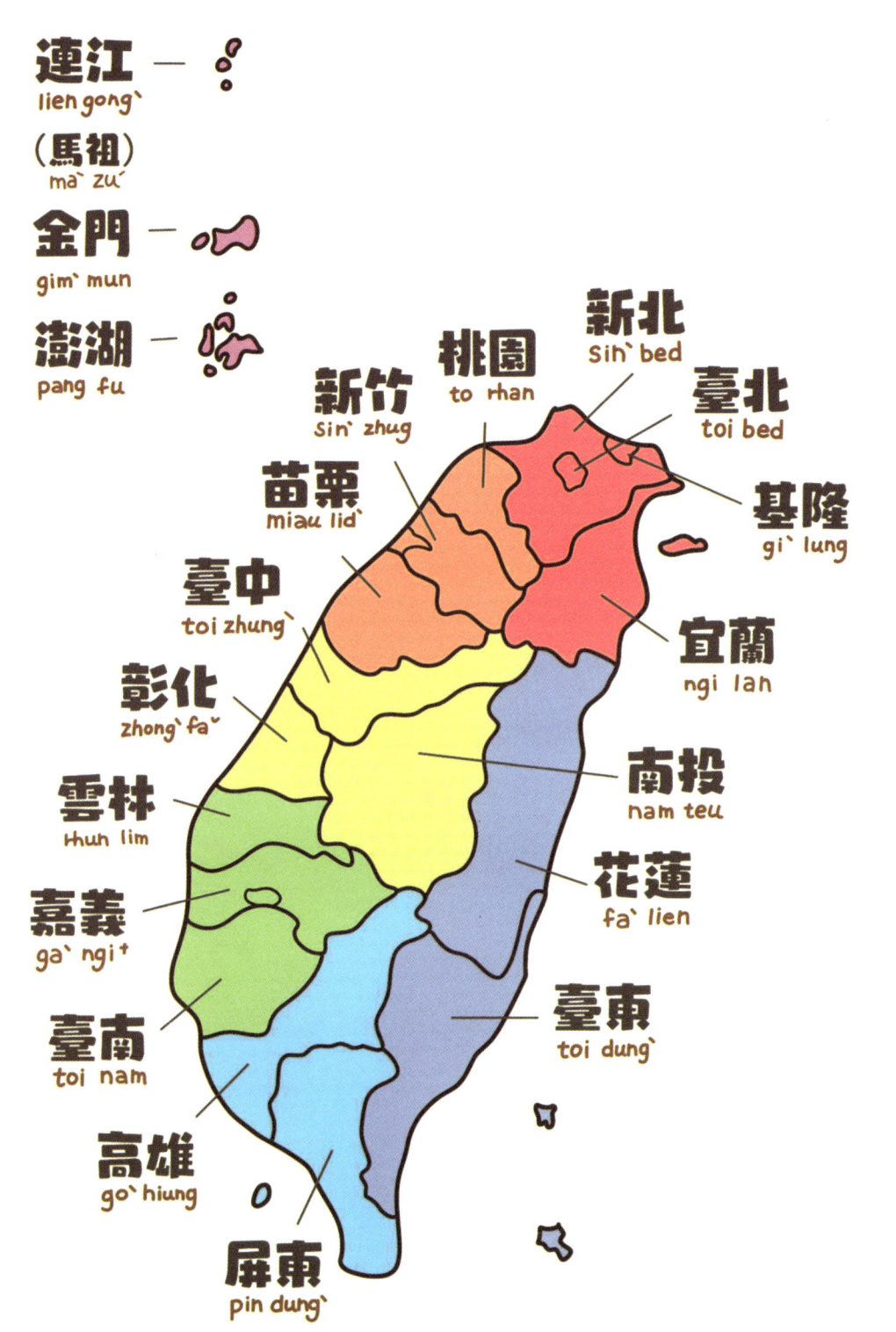

地名	客語拼音
連江	lien gong`
(馬祖)	ma` zu´
金門	gim` mun
澎湖	pang fu
新北	sin` bed
桃園	to rhan
新竹	sin` zhug
臺北	toi bed
苗栗	miau lid`
基隆	gi` lung
臺中	toi zhung`
宜蘭	ngi lan
彰化	zhong` fa ˇ
南投	nam teu
雲林	rhun lim
花蓮	fa` lien
嘉義	ga` ngi⁺
臺南	toi nam
臺東	toi dung`
高雄	go` hiung
屏東	pin dung`

41

「食」客句型

1. 當晝愛食麼个？

    dong` zhiuˇ oiˇ shid` maˊ gaiˇ？

    中午要吃什麼？

2. 暗晡夜愛食麼个？

    amˇ bu` rha⁺ oiˇ shid` maˊ gaiˇ？

    今天晚上要吃什麼？

3. 𠊎愛去宵夜街買宵夜。

    ngai oiˇ hiˇ siau` rha⁺ gai` mai` siau` rha⁺。

    我要去宵夜街買宵夜。

4. 𠊎愛去買咖啡。

    ngai oiˇ hiˇ mai` ga` bui`。

    我要去買咖啡。

5. 𠊎愛點兩份雞排。

    ngai oiˇ diamˊ liongˊ fun⁺ gai` pai。

    我要點兩份雞排。

6. 𠊎愛點五份六號餐。

    ngai oiˇ diamˊ ngˊ fun⁺ liug ho⁺ con`。

    我要點五份六號餐。

7 愛共下注文涼水無？

oiˇ kiung⁺ ha⁺ zhuˇ vun liong shuiˊ mo？

要一起訂飲料嗎？

8 𠊎想愛食＿＿＿＿。

ngai siongˊ oiˇ shid`＿＿＿＿。

我想要吃＿＿＿＿。

9 這＿＿＿＿幾多錢？

liaˊ ＿＿＿＿ giˊ do` cien？

這＿＿＿＿多少錢？

10 ＿＿＿＿愛＿＿＿＿個銀／箍。

＿＿＿＿ oiˇ ＿＿＿＿ gaiˇ ngiun／kieu`。

＿＿＿＿要＿＿＿＿元。

邱老師小教室

1.「注文」為「預訂」的意思，本句也可說「愛共下定涼水無？」。
2.「涼水」可指汽水，也指一般飲料、手搖飲之意。

詞彙練習

當畫	注文	……個銀	……箍
dong` zhiuˇ	zhuˇ vun	……gaiˇ ngiun	kieu`
中午	預訂	……元	……元

來去客家小館

□ 內用　□ 外帶　　桌號_____

四炆四炒				食麵抑係食飯		
項目	價數	數量	項目	價數	數量
炆爌肉	320		鹹粄圓湯	110	
鹹菜炆豬肚	290		米篩目(湯/炒)	90	
排骨炆菜頭	270		粄條(湯/炒)	80	
肥湯炆筍乾	220		米粉(湯/炒)	80	
客家炒肉	260		肉絲炒麵	80	
豬腸炒薑絲	230		肉絲炒飯	70	
鹹酸甜	200		客家粄食		
鴨紅炒韭菜	180		牛汶水	60	
阿婆个手路菜			粢粑	50	
客家豬腳	380		菜包	30	
剁雞盤(桔醬)	360		九層粄	30	
鹹豬肉	300		紅粄	25	
鹹菜乾炆三層肉	280		艾粄	25	
糟嫲肉	210		食海產		
薟菜炒牛肉	180		爛布子炊魚仔	380	
蔥仔燜羊肉	170		三杯魷魚仔	310	
半天筍炒肉絲	170		黃梨蝦公球	300	
韭菜花炒下水	160		煎江瑤珠	240	
雞卵類			大蜆仔菜瓜	140	
菜脯卵	120		愛啉湯		
七層塔煎卵	110		仙草雞湯	250	
雞卵豆腐	100		覆菜豬肚湯	200	
食青菜			鹹菜豬肚湯	200	
鹹卵炒苦瓜	130		薑絲蚵仔湯	190	
炒玻璃菜	110		覆菜肉片湯	180	
煠番薯葉	90		啉涼个		
季節青菜	時價		麥酒	80	
食點心			酸柑茶	50	
水果盤	150		青草茶	40	
烰冰糖番薯	100		枂仔汁	35	
綠豆湯(燒/冷)	80		麥仔茶	30	
糖水豆腐花(碗)	30		涼水	30	

「衣」客句型

1. 你愛著麻个衫？
   ngi oiˇ zhog maˊ gaiˇ sam` ?
   你要穿什麼衣服？

2. 𠊎愛去焙衫褲咧。
   ngai oiˇ hiˇ poi⁺ sam` fuˇ le` 。
   我要去烘衣服了。

3. 恁冷个天，佢還著短袖衫。
   anˊ lang` gaiˇ tien` ,
   gi han zhog donˊ ciu⁺ sam` 。
   這麼冷的天，他還穿短袖。

4. 恁靚个頸纏，請問愛幾多錢？
   anˊ ziang` gaiˇ giangˊ chan , ciangˊ munˇ
   oiˇ giˊ do` cien ?
   這麼漂亮的圍巾，請問要多少錢？

5. 冷天當多人著長袖。
   lang` tien` dong` do` ngin zhog chong ciu⁺ 。
   冬天很多人穿長袖。

⑥ 收衫褲摎摺衫褲係厓負責个家務事。

shiuˋ samˋ fuˇ lauˋ zhab samˋ fuˇ heˇ ngai fuˇ zid gaiˇ gaˋ vuˇ sii⁺。

收衣服跟摺衣服是我負責的家事。

⑦ 洗衫機在哪？

seˊ samˋ giˋ diˇ nai⁺？

洗衣機在哪裡？

⑧ 衫褲好拿去晒咧。

samˋ fuˇ hoˊ naˋ hiˇ saiˇ leˋ。

衣物可以拿去曬了。

⑨ 變天咧，去著加一領襖婆來。

bienˇ tienˋ leˋ，hiˇ zhog gaˋ rhid liangˋ oˊ po loi。

變天了，去多穿一件外套。

⑩ 摎你借一隻衫吊仔。

lauˋ ngi ziaˇ rhid zhag samˋ diauˇ er。

跟你借一個衣架。

⑪ 熱天愛著短袖衫正鬆爽。

ngiedˋ tienˋ oiˇ zhog donˊ ciu⁺ samˋ zhangˇ sungˋ songˊ。

夏天要穿短袖才舒服。

詞彙練習

衫褲	靚	頸纏
sam ˋ fu ˇ	ziang ˋ	giang ˊ chan
衣物	漂亮	圍巾
襖婆	冷天	熱天
o ˊ po	lang ˋ tien ˋ	ngied ˋ tien ˋ
外套	冬天	夏天

顏色詞彙

黃色	白色	烏色
vong sed	pag ˋ sed	vu ˋ sed
黃色	白色	黑色
紅色	青 / 綠色	藍色
fung sed	ciang ˋ / liug ˋ sed	lam sed
紅色	綠色	藍色
豬肝色	柑仔色	老鼠色
zhu ˋ gon ˋ sed	gam ˋ er sed	lo ˊ chu ˊ sed
棕色	橘色	灰色
水紅色	吊菜 / 茄色	水色
shui ˊ fung sed	diau ˇ coi ˇ / kio sed	shui ˊ sed
粉紅色	紫色	淡藍色

句型練習

（偃 / 你 / 佢）著＿＿＿＿色个（衫 / 褲）。
ngai / ngi / gi zhog ＿＿＿＿sed gai ˇ (sam ˋ / fu ˇ)。
（我 / 你 / 他）穿＿＿＿＿色的（上衣 / 褲子）。

「偃 / 你 / 佢」也可以替換成前面學的親屬稱謂哦！

「住」客句型

1 你戴哪間間房？

ngi daiˇ nai⁺ gienˋ gienˋ fong？

你住哪間房間？

2 佢戴後門。

gi daiˇ heu⁺ mun。

他住後門。

3 宿舍離客家學院當遠。

siug shaˇ li hag gaˋ hogˋ rhanˇ dongˋ rhanˊ。

宿舍離客家學院很遠。

4 12點了，好去睡目咧。

shibˋ ngi⁺ diamˊ leˋ，hoˊ hiˇ shoi⁺ mug leˋ。

12點了，該去睡覺了。

5 大家暗安。

tai⁺ gaˋ amˇ onˋ。

大家晚安。

6 請㨮電火扚忕／扚著來。

ciangˊ lauˋ tien⁺ foˊ diagˋ ted／diagˋ chogˋ loi。

請把電燈關掉／打開來。

7 韶早做得喊𠊎䟘床無？

shau zoˊ zoˇ ded hemˋ ngai hongˇ cong mo？

明天可以叫我起床嗎？

8 𠊎先來去洗身哦。

ngai senˋ loi hiˇ seˊ shinˋ oˊ。

我先去洗澡哦。

9 𠊎愛去洗牙齒。

ngai oiˇ hiˇ seˊ nga chiˊ。

我要去刷牙。

10 你幾多點轉來？

ngi giˊ doˋ diamˊ zhonˊ loi？

你幾點回來？

11 輪著你去倒垃圾咧。

lun doˊ ngi hiˇ doˊ laˊ sab leˋ。

輪到你去倒垃圾了。

12 飲水機在哪位？

rhimˊ shuiˊ giˋ diˇ nai⁺ vui⁺？

飲水機在哪裡？

49

⑬ 愛去交誼廳搞桌遊無？

oiˇ hiˇ gauˋ ngi tangˋ gauˊ zog rhiu mo？

要去交誼廳玩桌遊嗎？

⑭ 鎖匙愛記得帶。

soˊ shi oiˇ giˇ ded daiˇ。

鑰匙要記得帶。

⑮ 明年倨愛稅屋戴。

mang ngien ngai oiˇ shoiˇ vug daiˇ。

明年我要租房子住。

⑯ 放在冰箱个東西愛貼名仔。

biongˇ diˇ benˋ siongˋ gaiˇ dungˋ siˋ oiˇ dab miang er。

放在冰箱的東西要貼名字。

⑰ 這領被骨當燒暖。

liaˊ liangˋ piˋ gud dongˋ shauˋ nonˋ。

這床棉被很暖和。

詞彙練習

間房	睡目	電火
gien` fong	shoi⁺ mug	tien⁺ fo´
房間	睡覺	電燈
䟘床	倒垃圾	鎖匙
hongˇ cong	do´ la´ sab	so´ shi
起床	丟垃圾	鑰匙
稅屋	被骨 / 被	燒暖
shoiˇ vug	pi` gud / pi`	shau` non`
租房子	棉被	溫暖

「行」客句型

1. 你愛仰般轉去？
   ngi oiˇ ngiongˊ banˋ zhonˊ hiˇ？
   你要怎麼回去？

2. 𠊎愛坐公車 / 火車 / 高鐵 / 捷運。
   ngai oiˇ coˋ gungˋ chaˋ / foˊ chaˋ / goˋ tied / ciabˋ rhun⁺。
   我要坐公車/火車/高鐵/捷運。

3. 𠊎愛騎奧多拜轉屋下。
   ngai oiˇ ki oˊ do baiˋ zhonˊ vug haˋ。
   我要騎摩托車回家。

4. 愛注意安全哦！
   oiˇ zhuˇ rhiˇ onˋ cion oˊ！
   要注意安全哦！

5. 愛記得帶遮仔哦！
   oiˇ giˇ ded daiˇ zhaˋ er oˊ！
   要記得帶雨傘哦！

6. 𠊎愛騎自行車去客家學院。
   ngai oiˇ ki cii⁺ hang chaˋ hiˇ hag gaˋ hogˋ rhanˇ。
   我要騎腳踏車去客家學院。

7. 倕今晡日行路來教室。

ngai gim` bu` ngid hang lu⁺ loi gau˅ shid。

我今天走路來教室。

8. 佢愛駛車仔去做田野調查。

gi oi˅ sii´ cha` er hi˅ zo˅ tien rha` tiau ca。

他要開車去做田野調查。

詞彙練習

仰般	遮仔	自行車
ngiong´ ban`	zha` er	cii⁺ hang cha`
如何	雨傘	腳踏車
奧多拜	行路	
oˇ do bai`	hang lu⁺	
摩托車	走路	

句型練習

偓摎（屋下人）共下坐／騎／駛（交通工具）去（所在）。 ngai lau` ( vug ha` ngin) kiung⁺ ha⁺ co` / ki / sii´ ( gau` tung` gung` ki⁺) hiˇ (so´ cai⁺)。 我跟（家人）一起坐／騎／開（交通工具）去（地點）。
偓摎_____共下（坐／騎／駛）_____去_____。 ngai lau` _____ kiung⁺ ha⁺ ( co` / ki / sii´) _____ hiˇ _____。 我和_____一起（坐／騎／開）_____去_____。

交通工具詞彙

捷運	火車	高鐵	飛行機
ciab` rhun⁺	fo´ cha`	go` tied	bui`／fui` hang gi`
捷運	火車	高鐵	飛機
車仔	公車	船仔	
cha` er	gung` cha`	shon er	
車子	公車	船	

地點詞彙

學校	車頭
hog` gau´	cha` teu
學校	車站
公園	百貨公司
gung` rhan	bag foˇ gung` sii`
公園	百貨公司
餐廳	動物園
con` tang`	tung⁺ vud` rhan
餐廳	動物園

邱老師小教室　　別忘了地點也可以用之前學的地名哦！

「育」客句型

堵著先生對話攻略！遇到老師對話攻略！

1. 先生好，食飽盲？

   sinˋ sangˋ hoˊ，shidˋ bauˊ mang？

   老師好，吃飽了嗎？

2. 承蒙先生。

   shin mung sinˋ sangˋ。

   謝謝老師。

3. 敗勢，偃慢到了。

   pai⁺ sheˇ，ngai man⁺ doˇ leˋ。

   抱歉，我遲到了。

4. 做得下課盲？

   zoˇ ded haˋ koˇ mang？

   可以下課嗎？

5. 偃想愛去便所。

   ngai siongˊ oiˇ hiˇ pien⁺ soˊ。

   我想要去上廁所。

6. 先生正來寮。

   sinˋ sangˋ zhangˇ loi liau⁺。

   老師再見。

不可以用「正來寮先生」要用「先生正來寮」哦！

7 做得加分無？

zoˇ ded gaˋ funˋ mo？

可以加分嗎？

8 這禮拜做得毋使寫作業／報告無？

liaˊ liˋ baiˇ zoˇ ded m siiˇ siaˊ zog ngiabˋ／boˇ goˇ mo？

這週可以不用寫作業／報告嗎？

9 做得請先生簽名無？

zoˇ ded ciangˊ sinˋ sangˋ ciamˋ miang mo？

可以請老師簽名嗎？

10 請問先生哪量時有閒？

ciangˊ munˇ sinˋ sangˋ nai⁺ liongˋ shi rhiuˋ han？

請問老師什麼時候有空？

11 請問先生有在研究室無？

ciangˊ munˇ sinˋ sangˋ rhiuˋ diˇ nganˋ giuˇ shid mo？

請問老師有在研究室嗎？

同學之間對話攻略！

1. 韶早幾多點上課？

    shau zoˊ giˊ doˋ diamˊ shongˋ koˇ？

    明天幾點上課？

2. 在哪間教室上課？

    diˇ nai⁺ gienˋ gauˇ shid shongˋ koˇ？

    在哪間教室上課？

3. 改用線上上課。

    goiˊ rhung⁺ sienˇ shong⁺ shongˋ koˇ。

    改用線上上課。

4. 先生愛點名咧。

    sinˋ sangˋ oiˇ diamˊ miang leˋ。

    老師要點名了。

5. 功課係麼个？

    gungˋ koˇ heˇ maˊ gaiˇ？

    功課是什麼？

6. 你作業寫好言？

    ngi zog ngiabˋ siaˊ hoˊ mang？

    你作業寫好了沒？

7. 做得摎𠊎共組無？

    zoˇ ded lauˋ ngai kiung⁺ zuˋ mo？

    可以跟我一組嗎？

8 借𠊎一支筆好無？

zia ˇ ngai rhid gi ˋ bid ho ˊ mo？

借我一枝筆好嗎？

9 期中考愛到了。

ki zhung ˋ kau ˊ oi ˇ do ˇ le ˋ。

期中考要到了。

10 期末報告當多。

ki mad ˋ bo ˇ go ˊ dong ˋ do ˋ。

期末報告很多。

11 考試當難。

kau ˊ shi ˇ dong ˋ nan。

考試很難。

12 還慶哦！

han kiang ˇ o ˊ！

這麼厲害！

13 𠊎愛去看企業博覽會。

ngai oi ˇ hi ˇ kon ˇ ki ˋ ngiab ˋ bog lam ˇ fui⁺。

我要去看企業博覽會。

14 韶早愛記得去參加週會哦。

shau zo´ oiˇ giˇ ded hiˇ cam` ga` zhiu` fui⁺ o´。

明天要記得去參加週會哦。

15 偲俚來去圖書館讀書。

en` li loi hiˇ tu shu` gon´ tug` shu`。

我們去圖書館讀書。

16 佢愛去客家學院。

ngai oiˇ hiˇ hag ga` hog` rhanˇ。

我要去客家學院。

17 你這節麼个課？

ngi lia´ zied ma´ gaiˇ koˇ？

你這節什麼課？

18 基礎客語課、進階客語課。

gi` cu´ hag ngi` koˇ、zinˇ gai` hag ngi` koˇ。

基礎客語課、進階客語課。

詞彙練習

先生	便所	慶
sin` sang`	pien⁺ so´	kiangˇ
老師	廁所	厲害

摎先生請假書信攻略

主旨：
zhu´ zhi´：
12 / 11「基礎客語」課-學生仔范政安請假事宜
shib` ngi⁺ ngied` shib` rhid ho⁺「giˋ cu´ hag ngiˋ」koˇ –
hog` sang` er fam⁺ zhinˇ onˋ ciang´ ga´ sii⁺ ngi

賴先生好：
lai⁺ sinˋ sangˋ ho´：
𠊎係客家系一年生个學生仔范政安
ngai heˇ hag gaˋ neˇ rhid ngien senˋ gaiˇ hog` sangˋ er fam⁺ zhinˇ onˋ
這學期有修先生个「基礎客語」課
lia´ hog` ki rhiuˇ siuˋ sinˋ sangˋ gaiˇ「giˋ cu´ hag ngiˋ」koˇ
因為𠊎今晡日心情毋鬆爽，愛時間來調整
rhinˋ vui⁺ ngai gimˋ buˋ ngid simˋ cin m sungˋ song´，oiˇ shi gienˋ loi tiau zhin´
所以愛摎先生請心理假一日，請先生批准
so´ rhiˋ oiˇ lauˋ sinˋ sangˋ ciang´ simˋ liˋ ga´ rhid ngid，ciang´ sinˋ sangˋ piˋ zhunˋ
承蒙先生抽間看信仔
shin mung sinˋ sangˋ chiuˋ gienˋ konˇ sinˇ er

敬祝 教安
ginˇ zhug gauˇ onˋ
客家系一年生 范政安 敬上
hag gaˋ neˇ rhid ngien senˋ fam⁺ zhinˇ onˋ ginˇ shong⁺
2024 / 12 / 11

「樂」客句型

1. 你韶早有閒無？

    ngi shau zoˊ rhiuˋ han mo？

    你明天有空嗎？

2. 愛去上社團課。

    oiˇ hiˇ shongˋ shaˋ⁺ ton koˇ。

    要去上社團課。

3. 下課以後去打球仔。

    haˋ koˇ rhiˋ heu⁺ hiˇ daˊ kiu er。

    下課後去打球。

4. 生日快樂。

    sangˋ ngid kuaiˇ logˋ。

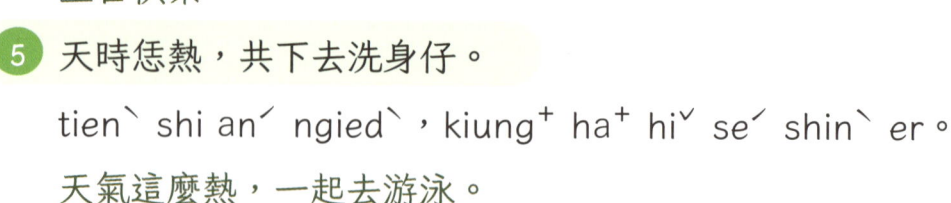

    生日快樂。

5. 天時恁熱，共下去洗身仔。

    tienˋ shi anˊ ngiedˋ，kiung⁺ ha⁺ hiˇ seˊ shinˋ er。

    天氣這麼熱，一起去游泳。

6. 暗晡夜𠊎愛去夜市，愛共下去無？

    amˇ buˋ rha⁺ ngai oiˇ hiˇ rha⁺ shi⁺，oiˇ kiung⁺ ha⁺ hiˇ mo？

    今晚我要去夜市，要一起去嗎？

7. 韶早去看電影好無？

    shau zoˊ hiˇ konˇ tien⁺ rhangˊ hoˊ mo?

    明天去看電影好嗎？

8. 暗晡夜來去唱歌仔。

    amˇ bu` rha⁺ loi hiˇ chongˇ go` er。

    今晚來去唱歌。

9. 偓愛用文化幣。

    ngai oiˇ rhung⁺ vun faˇ biˇ。

    我要用文化幣。

詞彙練習

有閒	打球仔	共下
rhiu` han	daˊ kiu er	kiung⁺ ha⁺
有空	打球	一起

看電影	唱歌仔	洗身仔
konˇ tien⁺ rhangˊ	chongˇ go` er	seˊ shin` er
看電影	唱歌	游泳

63

常用句型

句型	華語	例句
1. …… 係 …… heˇ	…… 是 ……	身體康健**係**成功個第一步。 shinˋ tiˊ kongˋ kien⁺ heˇ shin gungˋ gaiˇ ti⁺ rhid pu⁺。 身體健康是成功的第一步。
2. …… 毋 …… m	…… 不 ……	你有哪位**毋**鬆爽無？ ngi rhiuˋ nai⁺ vui⁺ m sungˋ songˊ mo？ 你有哪裡不舒服嗎？
3. …… 愛 …… oiˇ	…… 要 ……	衫褲**愛**著較貢兜仔哦！ samˋ fuˇ oiˇ zhog haˇ pun deuˋ er oˊ！ 衣服要穿厚一點哦！
4. …… 還 …… han	…… 真是 ……	這片**還**鬧熱哦！ liaˊ pienˊ han nau⁺ ngied⁺ oˊ！ 這裡真是熱鬧呢！
5. …… 當 …… dongˋ	…… 很 ……	偓**當**輒在運動坪畫圖。 ngai dongˋ ziabˋ diˇ rhun⁺ tung⁺ piang fa⁺ tu。 我很常在操場畫圖。
6. …… 最 …… zuiˇ	…… 最 ……	這係拜五**最**尾一節課。 liaˊ heˇ baiˇ ngˊ zuiˇ muiˇ rhid zied koˇ。 這是週五最後一節課。

7. ……來去…… loi hiˇ	……去……	厓先來去做簡報。 ngai senˋ loi hiˇ zoˊ gienˋ boˇ。 我先去做簡報。
8. ……無？mo	……嗎？	你有想愛加入哪隻社團無？ ngi rhiuˋ siongˊ oiˇ gaˋ ngib naiˊ zhag sha⁺ ton mo？ 你有想要加入哪個社團嗎？
9. ……摎…… lauˋ 摎有第三個意思 請參考第8課句型	……和/跟……	厓摎你差當多。 ngai lauˋ ngi caˋ dongˋ doˋ。 我跟你差很多。
	……把……	佢摎環境張到淨淨俐俐。 gi lauˋ fan ginˇ zhong doˊ ciang⁺ ciang⁺ li⁺ li⁺。 他把環境整理得乾乾淨淨。
10. ……分…… bunˋ	……給……	厓韶早帶去分大家食。 ngai shau zoˊ daiˋ hiˇ bunˋ tai⁺ gaˋ shidˋ。 我明天帶去給大家吃。
	……被……	去該片敢毋會分人笑？ hiˇ gai pienˋ gam⁺ m voi⁺ bunˋ ngin siauˇ？ 去那邊不會被人家笑嗎？

11. …… 做麼个 …… zo ˇ ma ˊ gai ˇ	…… 做什麼 ……	你放寮日會做麼个？ ngi biong ˇ liau ⁺ ngid voi ⁺ zo ˇ ma ˊ gai ˇ ? 你假日會做什麼？
	…… 為什麼 ……	佢做麼个毋敢去熱門音樂社？ gi zo ˇ ma ˊ gai ˇ m gam ˇ hi ˇ ngied ˋ mun rhim ˋ ngog ˋ sha ⁺ ? 他為什麼不敢去熱門音樂社？
12. …… 毋過 …… m go ˇ	…… 但是 ……	先生人當好，毋過佢个報告正經當多。 sin ˋ sang ˋ ngin dong ˋ ho ˊ , m go ˇ gi gai ˇ bo ˇ go ˇ zhin ˇ gin ˋ dong ˋ do ˋ 。 老師人很好， 但是他的報告真的很多。
13. …… 仰(會) …… ngiong ˊ (voi ⁺)	…… 怎麼(會) ……	你仰(會)知結果係好抑係壞？ ngi ngiong ˊ (voi ⁺) di ˋ gied go ˊ he ˇ ho ˊ rha ⁺ he ˇ fai ⁺ ? 你怎麼會知道結果是好還是壞？
14. …… 所以 …… so ˊ rhi ˋ	…… 所以 ……	佢愛陪佢去看先生，所以無法度赴著客語課。 ngai oi ˇ poi gi hi ˇ kon ˇ sin ˋ sang ˋ , so ˊ rhi ˋ mo fab tu ⁺ fu ˇ do ˊ hag ngi ˋ ko ⁺ 。 我要陪他去看醫生，所以沒辦法趕上客語課。

15. …… 做得 …… zo ˇ ded	…… 可以 ……	厓想愛尋一隻 做得 畫圖个社團。 ngai siong´ oi ˇ cim rhid zhag zo ˇ ded fa⁺ tu gai ˇ sha⁺ ton。 我想要找一個可以畫圖的社團。
16. …… 正 …… zhang ˇ 有第三個意思請 參考第13課句型	…… 才(會) ……	恁樣厓 正 有表現个舞臺！ an ngiong ngai zhang ˇ rhiu` biau´ hien⁺ gai ˇ vu´ toi！ 這樣我才有表現的舞臺！
	…… 再 ……	到該片 正 行過去公園。/ 正 來寮。 do ˇ gai pien´ zhang ˇ hang go ˇ hi ˇ gung` rhan。/ zhang ˇ loi liau⁺。 到那邊再走過去公園。/ 再見。
17. …… 恁 …… an´	…… 這麼 ……	你 恁 好唱歌仔，當適合熱門音樂社哦！ ngi an´ hau ˇ chong ˇ go` er，dong` shid hab` ngied` mun rhim` ngog sha⁺ o´！ 你這麼喜歡唱歌，很適合熱門音樂社哦！
18. …… 共下 …… kiung⁺ ha⁺	…… 一起 ……	厓等下摎你 共下 去分先生看。 ngai den´ ha⁺ lau` ngi kiung⁺ ha⁺ hi ˇ bun` sin` sang kon ˇ。 我等一下跟你一起去看醫生。

19. ……V著 ……do´	……到 ……	佢無法度赴著等一下個客語課。 gi mo fab tu⁺ fuˇ doˊ den´ rhid ha⁺ gaiˇ hag ngiˋ koˇ。 他沒辦法趕上等一下的客語課。
20. ……V到 ……do´	……得 ……	你个大學生活過到仰般？ ngi gaiˇ tai⁺ hogˋ senˋ fadˋ goˇ doˇ ngiongˊ banˋ？ 你的大學生活過得如何？
21. ……A / V忒 ted	……掉	𠊎个腳踏車壞忒咧。 ngai gaiˇ giog tabˋ chaˋ fai⁺ ted leˋ。 我的腳踏車壞掉了。
		阿哥負責摎愛攉忒个東西張起來。 a⁺ goˋ fuˇ zid lauˋ oiˇ vog ted gaiˇ dungˋ siˋ zhongˋ hiˊ loi。 哥哥負責把要丟掉的東西裝起來。
22. ……試著 ……chiˇ doˊ	……覺得 ……	𠊎試著無恁輕鬆。 ngai chiˇ doˊ mo anˋ kiangˋ sungˋ。 我覺得沒這麼輕鬆。
23. ……V看啊 ……konˇ a⁺	……V看看 ……	該間店个冰當好食，你想食看啊無？ gai gienˋ diamˇ gaiˋ benˋ dong hoˇ shidˋ, ngi siongˊ shidˋ konˇ a⁺ mo。 那間店的冰很好吃，你想吃看看嗎？

第一課
ti⁺ rhid koˇ

來去社團博覽會
loi hiˇ sha⁺ ton bog lamˇ fui⁺

作者：李秉倫

政 安 湊 宇 泰 共 下 去 參 加 一
zhinˇ onˋ ceuˊ rhiˇ taiˋ kiung⁺ ha⁺ hi⁺ camˋ gaˋ rhid
年 一 擺 个 社 團 博 覽 會 。
ngien rhid baiˊ gaiˇ sha⁺ ton bog lamˇ fui⁺

宇泰：
哇！這 片 還 鬧 熱， 有 攝 影
uaˊ liaˊ pienˊ han nau⁺ ngiedˋ rhiuˋ ngiab rhangˊ
社、 有 蹶 山 社， 還 有 天 文
sha⁺ rhiuˋ kiedˋ sanˋ sha⁺ han rhiuˋ tienˋ vun
社。 各 種 無 共 樣 个 社 團 呢
sha⁺ gog zhungˊ mo kiung⁺ rhong⁺ gaiˇ sha⁺ ton neˇ

政安：
係 啊！ 偃 想 愛 尋 一 隻 做 得
heˇ a⁺ ngai siongˋ oiˋ cim rhid zhag zoˇ ded
畫 圖 个 社 團， 恁 樣 偃 正 有
fa⁺ tu gaiˇ sha⁺ ton an ngiong ngai zhangˇ rhiuˋ
表 現 个 舞 臺！ 該 你 呢？ 有
biauˊ hien⁺ gaiˇ vuˋ toi gai ngi noˇ rhiuˋ
想 愛 加 入 哪 隻 無？
siongˋ oiˋ gaˋ ngib nai⁺ zhag mo

「來去」另有合音
loiˋ / leˋ

來 去：去。
loi hi⁺
湊：邀請。
ceu
擺：次。
bai
這 片：這裡。
lia pienˊ
鬧 熱：熱鬧。
nau⁺ ngiedˋ
蹶 山：爬山、登山。
kiedˋ sanˋ

共 樣：一樣。
kiung⁺ rhong⁺
尋：找。
cim
做 得：可以。
zoˇ ded
恁 樣：這樣、這般。
an ngiong
該：那、那麼。
gai
無：……嗎？
mo

宇泰：偓 吂 想 好 呢，這 下 還 無 法 度 決 定。
ngai mang siong´ ho´ ne` lia´ ha⁺ han mo fab tu⁺ gied tin⁺

政安：你 恁 好 唱 歌 仔，看 起 來 當 適 合 熱 門 音 樂 社 哦！
ngi an´ hau˅ chong´ go` er kon˅ hi´ loi dong` shid hab` ngied` mun rhim˅ ngog` sha⁺ o´

吂：還沒。
mang

無 法 度：沒辦法。
mo fab tu⁺

好：喜歡。
hau˅

宇泰：
唱歌仔單淨係𠊎个興趣，
chong˘ go` er dan` ciang+ he˘ ngai gai˘ him˘ ci˘
還過𠊎个聲又毋好聽，去
han go˘ ngai gai˘ shang` rhiu+ m ho˘ tang˘ hi˘
該片敢毋會分人笑？
gai pien˘ gam˘ m voi+ bun ngin siau˘

政安：
「敢去就一擔樵，毋敢去
gam˘ hi˘ ciu+ rhid dam˘ ciau m gam˘ hi˘
就屋下愁。」莫想恁多啦
ciu+ vug ha` seu mog` siong` an˘ do` la`

諺客料理

敢去就一擔樵，毋敢去就屋下愁
gam˘ hi˘ ciu+ rhid dam˘ ciau m gam˘ hi˘ ciu+ vug ha` seu

勇敢前去，就有一擔柴可用；不敢去，就只好留在家中憂愁沒柴可燒。勸人做事就是要勇往直前，猶豫不決只會一事無成。

單　淨：只是。
dan` ciang+

還　過：還有。
han go˘

該　片：那裡。
gai pien˘

莫：別、不要。
mog`

政安：你無去<u>試看啊</u>，仰會知結果係好<u>抑係</u>壞？
ngi mo hi` chi` kon` a⁺　ngiong´ voi⁺ di` gied go´ he` ho` rha⁺ he` fai⁺

宇泰：有道理！<u>既經</u>讀大學咧，應該愛去挑戰自家無做過个事情。
rhiu` to⁺ li`　gi` gin` tug tai⁺ hog` le` rhin´ goi` oi` hi` tiau` zhan` cid ga` mo zo` go` gai` sii⁺ cin

政安：著！著！著！該就等你期末个表演<u>哩</u>啰！
chog` chog` chog`　gai ciu⁺ den´ ngi ki mad` gai` biau´ rhan` lio`

試看啊：試試看。
chi` kon` a⁺

抑係：或者、還是。
rha⁺ he`

既經：已經。
gi` gin`

句型練習

1. ……有……有……還有……

   例：這片有攝影社、有蹶山社,還有天文社。

2. ……既經……

   例：𠊎既經讀大學咧,
   　　應該愛去挑戰自家無做過个事情。

試題練習

( ) 1　根據對話，政安較無可能在大學時節做下背哪件事情？
(1) 畫圖　(2) 看表演　(3) 蹶山

( ) 2　根據對話，做麼个宇泰一開始毋敢去熱門音樂社？
(1) 驚生份　(2) 驚見笑　(3) 驚鬧熱

( ) 3　「你恁好唱歌仔，看起來當適合熱門音樂社哦！」請問這位个「好」，摎下背哪隻詞彙个意思較接近？
(1) 熟事　(2) 曉得　(3) 中意

( ) 4　根據對話，下背哪隻選項正著？
(1) 宇泰會在意別人个看法
(2) 政安做事情輒常想忒多
(3) 一年有兩擺社團博覽會

拼音練習

1. 共樣：k_____　rh_____

2. 敢有：g_____　_____

3. 尋：_____

4. 丢：_____

5. 鬧熱：n_____　_____ied

第二課
ti⁺ ngi⁺ ko˘

來去分先生看
loi hi˘ bun` sin` sang` kon˘

作者：游景雯

政安：宇泰，你个面色無麼个好看呢！你有哪位毋鬆爽無？
rhiˊ taiˇ, ngi gaiˋ mienˇ sed mo maˊ gaiˋ hoˋ konˇ neˇ! ngi rhiuˊ naiˊ vuiˊ m sung˳ songˋ mo

宇泰：偃喉嗹胲有一息仔痛，可能係暗晡頭睡目冷著咧。
ngai heu lien goiˋ rhiuˊ rhid sid er tungˇ, koˋ nen heˇ amˇ bu teu shoiˊ mug langˋ doˋ leˋ

政安：該你先去食一杯燒茶來，等下摎你共下去分先生看
gai ngi senˋ hiˇ shidˋ rhid buiˋ shauˋ ca loi, denˋ haˊ lauˋ ngi kiungˊ haˊ hiˇ bunˋ sinˋ sangˋ konˇ

喉嗹胲 heu lien goiˋ：喉嚨。
一息仔 rhid sid er：一點點。
暗晡頭 amˇ bu teu：泛指晚上。
燒 shauˋ：熱、燙。
分 bunˋ：給、讓。
先生 sinˋ sangˋ：老師、醫生。

宇泰：毋使看醫生啦！𠊎毋敢食恁苦个藥仔。
m sii´ kon` rhi´ sen´ la` ngai m gam´ shid` an´ fu´ gai´ rhog` er

政安：你無法度正常講話，愛仰般參加下禮拜个唱歌比賽？
ngi mo fab tu⁺ zhin´ shong gong´ voi` oi´ ngiong´ ban` cam` ga´ ha⁺ li` bai´ gai´ chong´ go` bi´ soi´

宇泰：你講个就像「春天个果園──有道理。」係無就無採這幾日恁煞猛練習咧。
ngi gong´ gai´ ciu⁺ ciong` chun´ tien` gai´ go` rhan rhiu` to⁺ li` he´ mo ciu⁺ mo cai´ lia´ gi` ngid an´ sad mang` lien⁺ sib` le

---

毋使 m sii´：不用。
無法度 mo fab tu⁺：無法。
仰般 ngiong´ ban`：如何。
無採 mo cai´：白費。
煞猛 sad mang`：努力。

諺客料理

春天个果園──有道理
chun´ tien` gai´ go` rhan rhiu` to⁺ li`
春天的果園有桃李，「桃李：to li`」與「道理：to⁺ li`」具有客語諧音關係。

79

政安：無毋著，身體康健正係成功个第一步。
mo m chog` shin` ti kong` kien+ zhang` he` shin gung` gai` ti+ rhid pu+

宇泰：該就麻煩你陪𠊎去咧！
gai ciu+ ma fan ngi poi ngai hi` le`

政安：無問題，衫褲愛著較貫兜仔哦！
mo mun` ti sam` fu` oi` zhog ha` pun` deu er o`

宇泰：著咧！𠊎俚還吂尞先生請假。
chog` le` en` li han mang lau` sin` sang` ciang ga`

康健：健康。
kong` kien+

貫：厚。
pun`

政安

好 得 有 你 ， 𠊎 遽 遽 來 去 寫
ho´ ded rhiu` ngi　 ngai giag giag loi hiˇ sia´
信 仔 摎 先 生 講 。
sinˇ er lau` sinˋ sangˋ gong´

政安　zhin_on　收件人：先生　　　　　　　　星期五

先 生 好 ：
sinˋ sangˋ ho´

𠊎 係 一 年 生 个 政 安 ，
ngai heˇ rhid ngien senˋ gai` zhinˇ on` ,

因 為 宇 泰 人 毋 鬆 爽 愛
rhin` vui+ rhi taiˋ ngin m sung songˋ oiˇ

去 看 醫 生 ， 𠊎 愛 陪 佢
hiˇ kon´ rhi senˋ , ngai oiˇ poi gi

去 ， 等 下 个 客 語 課 可
hiˇ , den´ ha+ gai´ hag ngi ko´ ko´

能 會 赴 毋 掣 ， 愛 摎 先
nen voi+ fu´ m chad , oiˇ lau` sinˋ

生 請 假 一 擺 ， 當 敗 勢
sangˋ ciang´ ga´ rhid bai´ , dong` pai+ sheˇ

。 祝 福 先 生
zhug fug sinˋ sangˋ

平 安 順 序
pin on` shun+ siˇ

身 體 康 健
shinˋ ti´ kong` kien+

學 生 仔 政 安 敬 上
hog` sangˋ er zhinˇ on` gin´ shong+

好 得：幸好。
ho´ ded

遽 遽：趕快。
giag giag

鬆 爽：舒服。
sung` song`

赴 毋 掣：趕不上。
fu´ m chad

順 序：順利。
shun+ siˇ

句型練習

1. ……仰般……

   例：你愛仰般參加下禮拜个唱歌比賽？

2. ……還盲……

   例：偓俚還盲摎先生請假。

試題練習

( ) 1 根據對話,政安講:「你个面色無麼个好看呢!你有哪位毋鬆爽無?」請問政安盡有可能看著仰般个宇泰呢?
(1) 生著恁孲 (2) 無氣無脈 (3) 面紅濟炸

( ) 2 根據對話,請問宇泰愛去看醫生个原因係麼个呢?
(1) 喉嗹胲哽著 (2) 分燒茶燗著 (3) 頭燒額痛

( ) 3 根據對話,請問文章裡肚哪隻句仔講著个「先生」摎其他个無共樣?
(1) 等下摎你共下去分「先生」看
(2) 𠊎遽遽來去寫信仔摎「先生」講
(3) 祝福「先生」平安順序、身體康健

83

(　)4 請問下背哪隻「苦」字个發音無共樣？
(1)「苦」力 (2)「苦」瓜 (3)窮「苦」

5 接上題，請問你係仰般分辨第 4 題个答案？

6 若係你愛摎先生請假，你愛仰般摎先生講呢？請你參考文章裡肚信仔个形式，清楚表達自家請假个理由。

拼音練習

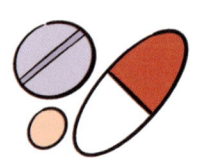

1 先生：s_____　s_____

2 煞猛：s_____　m_____

3 賁：p_____

4 遽：g_____

5 順序：__un　__i

第三課
ti⁺ sam` ko˘

大學生活
tai⁺ hog` sen` fad`

作者：陳瑩長

政 安 摎 文 希 兩 儕 人 在 打 嘴
zhin´ on` lau` vun hi` liong´ sa ngin di´ da´ zhoi´
鼓 ， 講 著 佢 兜 个 大 學 生 活
gu´ gong´ do´ gi deu` gai´ tai+ hog` sen` fad
……

政安
開 學 到 今 乜 一 隻 月 咧，
koi` hog` do´ gim` me´ rhid zhag ngied` le`
你 个 大 學 生 活 過 到 仰 般 ？
ngi gai´ tai+ hog` sen` fad go´ do´ ngiong´ ban`

文希
還 做 得 ， 𠊎 試 著 摎 𠊎 想 个
han zo´ ded ngai chi´ do´ lau` ngai siong´ gai´
差 毋 多 ， 愛 自 家 照 顧 自 家
ca` m do´ oi´ cid ga` zhau´ gu´ cid ga`

儕：人數 (量詞)。
sa
打 嘴 鼓：聊天。
da´ zhoi´ gu´
試 著：覺得。
chi´ do´
愛：要。
oi´

政安：𠊎試著無恁輕鬆，昨暗晡還發夢，夢著𠊎毋記得先生交代个事情，所以佢就對𠊎發嗶。
ngai chiˇ doˊ mo anˊ kiangˋ sungˋ, coˋ amˇ buˋ han bod mung⁺, mung⁺ doˊ ngai m giˋ ded sinˋ sangˋ gauˋ daiˇ gaiˇ sii⁺ cin, soˋ rhiˋ gi ciu⁺ duiˇ ngai bod ad.

政安：這下想著，心肝肚還會驚，還衰過哦！
liaˊ ha⁺ siongˋ doˊ, simˋ gonˋ duˋ han voi⁺ giangˋ, han coiˋ goˇ oˇ!

發 夢：作夢。
bod mung⁺

發 嗶：發怒、生氣。
bod ad

87

文希：好(ho´) 得(ded) 這(lia´) 淨(ciang⁺) 係(he˘) 發(bod) 夢(mung⁺) 夢(mung⁺) 著(do´) 个(gai˘)，像(ciong˘) 𠊎(ngai) 逐(dag) 日(ngid) 都(du⁺) 無(mo) 閒(han) 到(do´) 半(ban˘) 夜(rha⁺) 正(zhang⁺) 睡(shoi⁺)，朝(zhau`) 晨(shin) 上(shong`) 課(ko´) 乜(me´) 試(chi´) 著(do´) 當(dong`) 悿(tiam´)、當(dong`) 無(mo) 精(zin`) 神(shin)。

政安：看(kon˘) 你(ngi) 逐(dag) 日(ngid) 都(du⁺) 恁(an´) 無(mo) 閒(han)，該(gai) 你(ngi) 放(biong˘) 寮(liau⁺) 日(ngid) 會(voi⁺) 做(zo´) 麼(ma´) 个(gai˘)？

淨 係(ciang⁺he˘)：只是。
逐 日(dag ngid)：每天。
無 閒(mo han)：忙碌、沒空。
悿(tiam´)：累、疲勞之意。
放 寮(biong˘liau⁺)：放假。

88

文希： 偓 盡(cin⁺) 好 摎 同 學 去 打 羽 毛 球，摎 朋 友 共 下 運 動 係 當 歡喜(fon` hi´) 个 事 情。
ngai cin⁺ hau´ lau` tung hog` hi´ da` rhi´ mo` kiu
lau` pen rhiu´ kiung⁺ ha⁺ rhun⁺ tung⁺ he´ dong` fon` hi´ gai` sii⁺ cin

政安： 偓 摎 你 差 當 多(ca` dong` do`)，像 偓 就 毋 好 運 動，偓 盡 惱(nau`) 歸 身 汗 流 脈 落(hon⁺ liu mag` log`) 个 感 覺。
ngai lau` ngi ca` dong` do` ciong´ ngai ciu⁺ m
hau´ rhun⁺ tung⁺ ngai cin⁺ nau` gui` shin` hon⁺ liu
mag` log` gai` gam´ gog`

盡(cin⁺)：很、非常。

歡喜(fon` hi´)：高興、開心。

差當多(ca` dong` do`)：差很多。

惱(nau`)：討厭、厭惡。

汗流脈落(hon⁺ liu mag` log`)：汗如雨下，流很多汗的樣子。

文希：係無，你个興趣係麼个？
heˇ mo　ngi gaiˇ himˇ ciˇ heˇ maˊ gaiˇ

政安：𠊎輒常在運動坪畫圖，有一擺膨尾鼠蹶到𠊎个腳項，分佢嚇到面壢青，還見笑哦！
ngai ziabˋ shong diˇ rhun⁺ tung⁺ piang faˊ tu rhiuˇ rhid baiˇ pongˇ muiˋ chuˊ kiedˋ doˇ ngai gaiˇ giog hong⁺ bunˋ gi hag doˇ mienˇ lag ciangˋ han gienˇ siauˇ oˊ

係 無：要不然。
heˇ mo

輒 常：經常、常常。
ziabˋ shong

膨 尾 鼠：松鼠。
pongˇ muiˋ chuˊ

蹶：爬、攀登。
kiedˋ

嚇 到 面 壢 青：嚇得臉發青，形容人受到驚嚇的驚恐神情。
hag doˇ mienˇ lag ciangˋ

見 笑：害羞、羞愧。
gienˇ siauˇ

文希： 毋會啦（m voi⁺ la`），時間差毋多咧（shi gien` ca` m do` le`），𠊎愛準備客語課个考試（ngai oi ˇ zhun ˊ pi⁺ hag ngi` ko ˇ gai` kau ˇ shi ˇ），人講（ngin gong ˊ）：「人勤地獻寶（ngin kiun ti⁺ hien ˇ bo ˊ），人懶地生草（ngin nan` ti ˇ sang ˊ co ˊ）。」自家个未來自家拚（cid ga` gai ˇ vui⁺ loi cid ga` biang ˇ）。

> 「懶」可讀做 nan` / lan`，本書海陸腔皆統一標 nan`

政安： 吓（ha ˊ），客語課有考試哦（hag ngi` ko ˇ rhiu ˋ kau ˇ shi ˇ o`）？愛考哪片（oi ˇ kau ˇ nai⁺ pien ˇ），遽遽摎𠊎講（giag giag lau ˋ ngai gong ˊ）！

拚（biang ˇ）：努力、奮鬥。

諺客料理

人勤地獻寶，人懶地生草
ngin kiun ti⁺ hien ˇ bo ˊ　ngin nan` ti ˇ sang ˊ co ˊ

喻天下沒有白吃的午餐，勉勵人要勤奮努力。

句型練習

1. 好得……

例：<u>好得</u>這淨係發夢夢著个。

_____
_____

2. 係無……

例：<u>係無</u>，你个興趣係麼个？

_____
_____

試題練習

(　) 1. 根據對話，請問文希个興趣係麼个？
(1) 打羽毛球　(2) 打網球　(3) 打乒乓

(　) 2 根據對話，政安摎文希个興趣「差當多」。請問這係表示佢兩儕个興趣仰般？

(1) 差毋多 (2) 無麼个差 (3) 無共樣

(　) 3 根據對話，請問政安毋好運動个原因係麼个？

(1) 佢無時間去運動 (2) 佢盡懶尸 (3) 佢盡惱流汗

(　) 4 請問下背哪隻選項摎「人勤地獻寶，人懶地生草」這句話，係無共樣个意思？

(1) 鼓勵人愛煞猛付出

(2) 提醒人愛省儉

(3) 提醒人做毋得懶尸

5. 請問你平常在學校有閒時節會做麼个？你个興趣又係麼个？請摎大家分享一下。

> 參考詞彙：
>
> 運動、打球仔、看電影、唱歌仔、蹶山、打嘴鼓、畫圖、打羽毛球、參加社團、打工、搞線上遊戲
>
> 參考句型：有閒時節𠊎會去_____。
>
> 　　　　　𠊎个興趣係_____。

拼音練習

1. 發夢：b_____ m_____
2. 淨：___iang
3. 試著：___i d_____
4. 放寮：b_____ l_____
5. 見笑：g_____ s_____

第四課
ti⁺ si ko

共下小組討論
kiung⁺ ha⁺ siau´ zu` to´ lun⁺

作者：劉宥希

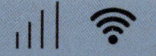

客語課後小組（4）

會 到 艱 苦 个 期 中 咧，
voi˩ doˇ gan` ku` gaiˇ ki zhung` le`
政 安 摎 文 希 緊 在 LINE 群
zhinˇ on` lau` vun hiˇ gin´ diˇ kiun
組 裡 肚 討 論 報 告 。
zu` di` du´ to´ lun˩ boˇ goˇ

今晡日

@政安 ， 看 著 請 回 答 ！
zhinˇ on` konˇ do´ ciang´ fui dab
看 你 平 常 時 輒 輒 掌 等 手
konˇ ngi pin shong shi ziab` ziab` zhong´ den´ shiu´
機 仔 ， 仰 都 無 應 呢 :(
gi er ngiong´ du˩ mo en` noˇ

已讀 3
20：31

「掌等」可讀做 zhong´ den´/ zhong´ nen´，本書海陸腔皆統一標 zhong´ den´

已讀 3
20：31

艱苦：辛苦。
gan` ku`
輒輒：常常。
ziab` ziab`
掌：看守、守。
zhong´
應：回答。
en`

若桐

20：40

Aa

客語課後小組（4）

宇泰: 有人無 20:55

政安:
敗 勢 ， 恁 久 都 在 該 無 閒 打 工 啦
pai⁺ she ˇ　　 an ˊ giu ˇ du⁺ di ˇ gai mo han da ˊ gung ˋ la ˋ

21:40

宇泰:
等 一 下 愛 小 組 討 論 ， 你 準 備 好 你 个 簡 報 吂 ？
den ˊ rhid ha⁺ oi ˇ siau ˊ zu ˋ to ˊ lun⁺　　 ngi zhun ˊ pi⁺ ho ˇ ngi gai gien ˋ bo ˇ mang

21:41

政安:
倕 毋 記 得 咧 ！
ngai m giˇ ded le ˋ

煞 煞 來 做 ， 共 編 簡 報 个
sad sad loi zo ˇ　　 kiung⁺ bien ˋ gien ˊ bo ˇ gai ˇ

連 結 在 哪 ？
lien gied di ˇ nai⁺

煞　煞：趕快。
sad　sad

21:42

Aa

97

客語課後小組（4）

@All 簡報連結：
https://sites.google.com/view/loihihakka

盡　無　記　才　呢　，　後　日　就　愛
cin⁺　mo　giˇ　coi　ne`　　　heu⁺　ngid　ciu⁺　oiˇ
上　臺　報　告　咧　>:(
shong`　toi　bo`　go`　le`

已讀 3
21：43

若桐

皮　愛　弓　較　緪　兜　仔　！
pi　oiˇ　giung`　haˇ　hen　deu`　er
細　義　哦　，　俚　會　摎　若　組　內
seˇ　ngi⁺　oˊ　　　ngai　voi⁺　lau`　ngia　zu`　nui⁺
互　評　分　數　打　當　低　！
fuˇ　pin　fun`　suˇ　daˊ　dong`　dai`

21：45

宇泰

21：46

記　才：記性。
giˇ　coi
後　日：後天。
heu⁺　ngid
緪：緊。
hen
細　義：小心。
seˇ　ngi⁺

98

客語課後小組 (4)

政安：
毋 會 有 下 二 擺 咧 啦 ，恁
m voi⁺ rhiu` ha⁺ ngi⁺ bai` le` la an´
久 實 在 係 一 頭 挨 雞 兩 頭
giu´ shid` cai⁺ he˘ rhid teu kai` gai` liong´ teu
啼 ， 腳 踏 車 還 壞 忒 咧
tai giog tab` cha` han fai´ ted le`

21：50

若桐：
實 在 衰 過 呢 ， 還 愛 尋 時
shid` cai⁺ coi` go˘ ne` han oi˘ cim shi
間 去 整 自 行 車 ⊙_⊙
gien hi˘ zhang´ cii⁺ hang cha`

21：51

政安：
係 啊 ， 當 麻 煩 ！
he˘ a dong` ma fan

21：53

諺客料理

一 頭 挨 雞 兩 頭 啼
rhid teu kai` gai` liong´ teu tai
形容手忙腳亂的樣子。

下 二 擺：下次、以後。
ha⁺ ngi⁺ bai`

衰 過：可憐。
coi` go˘

整：修理。
zhang´

99

客語課後小組（4）

政安：

> 毋過期中報告正經分人緊張到會翻，愛準備麼个都尋無頭緙🤔
> m go´ ki zhung` bo´ go` zhin´ gin` bun` ngin´ gin´ zhong` do` voi⁺ pon` oi` zhun´ pi⁺ ma´ gai` du⁺ cim mo teu tag
>
> 21：53

已讀 3
21：54

> 還過逐擺想愛讀書个時節，就當想整理宿舍，摎環境張到淨淨俐俐！
> han go´ dag bai` siong´ oi` tug` shu` gai` shi zied ciu⁺ dong` siong´ zhin´ li` siug sha⁺ lau` fan gin` zhong` do` ciang⁺ ciang⁺ li⁺ li⁺

毋過 (m go´)：不過。
正經 (zhin´ gin`)：真的。
翻 (pon`)：嘔、吐。
緙 (tag)：繫、綁。
逐擺 (dag bai`)：每次。
張 (zhong`)：整理。

100

客語課後小組（4）

宇泰
看 來 …… 係 分 賊 仔 偷 走
kon´ loi he´ bun` ced` er teu` zeu´
時 間 咧
shi gien` le`

21：55

若桐
所 以 平 常 時 就 愛 利 用 時
so´ rhi` pin shong shi ciu⁺ oi´ li⁺ rhung⁺ shi
間 ， 正 毋 會 像 政 安 毛 蟹
gien` zhang´ m voi⁺ ciong´ zhin´ on` mo` hai´
吊 頸 >:D
diau´ giang`

21：57

政安
好 啦 ……
ho´ la`
𠊎 先 來 去 做 簡 報 咧 Q-Q
ngai sen` loi hi´ zo´ gien´ bo´ le`

21：58

諺客料理

毛 蟹 吊 頸 —— 尋 無 頭 緒
mo` hai´ diau´ giang` cim mo teu tag

想拿繩子套住螃蟹的脖子，但是卻找不到螃蟹的脖子，引申為做事找不到重點，摸不著頭緒。

101

客語課後小組（4）

政安

悚死

21：58

已讀 3
22：00

若桐

慶

22：10

宇泰

煞猛打拼

22：11

句型練習

1   ……在該……

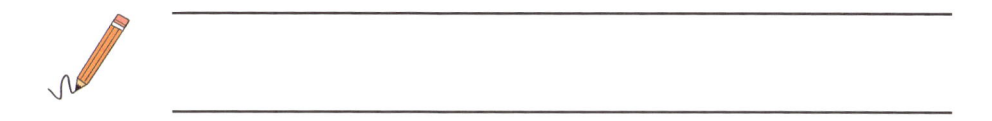

例：倕恁久都在該無閒打工。

2   ……愛……正毋會……

例：你平常時愛利用時間，
　　正毋會一下仔尋無頭緒。

試題練習

( ) 1 根據對話，請問政安對期中報告毋會有麼个心情？
(1) 愁 (2) 惱 (3) 緊張

( ) 2 根據對話，請問「毛蟹吊頸」个意思摎下背哪隻選項較接近？
(1) 尋無路 (2) 尋無重點 (3) 打爽時間

( ) 3 根據對話，請問文希發現政安毋記得做簡報過後，無表現出麼个態度？
(1) 譴 (2) 暢 (3) 闋

( ) 4 根據對話，係講政安下擺又毋記得做簡報，請問佢个互評分數會變到仰般？
(1) 較低 (2) 較細 (3) 較高

(　)5 根據對話，請問佢兜本旦計畫最慢愛在哪量時做好簡報呢？

(1) 報告前一日 (2) 報告該日 (3) 報告前兩日

(　)6 根據對話，請問政安恁久在該無閒麼个？

(1) 整理間房 (2) 整自行車 (3) 做頭路

拼音練習

1. 掌：zh_____

2. 整：zh_____

3. 後日：h_____ ng___

4. 準備：zh_____ _____

5. 綑：h_____

第五課
ti⁺ ng´ ko⌄

天時當好去野餐
tienˋ shi dongˋ ho´ hi⌄ rhaˋ conˋ

作者：黃乙軒

拜 五 最 尾 一 節 課 。
bai ng zui mui rhid zied ko

若桐

韶 早 个 天 時 摎 今 晡 日 共 樣
shau zo gai tien shi lau gim bu ngid kiung⁺ rhong⁺
已 好 ， 偃 俚 來 去 野 餐 好 無
i ho en li loi hi rha con ho mo

政安

好 啊 ！ 偃 屋 下 有 當 多 餅 仔
ho a⁺ ngai vug ha rhiu dong do biang er
摎 點 心 做 得 食 。
lau diam sim zo ded shid

宇泰

偃 負 責 帶 杯 仔 、 咖 啡 、 涼
ngai fu zid dai bui er ga bui liong
水 摎 茶 。
shui lau ca

最　尾：最後、後來。
zui mui
韶　早：明天。
shau zo
已：很。
i

文希：𠊎等下轉去屋下，**焙一隻雞卵糕**摎幾隻麵包，韶早帶去分大家食。
ngai den´ ha⁺ zhon´ hiˇ vug ha` poi⁺ rhid zhag gai` lon´ go´ lau´ gi´ zhag mien⁺ bau` shau zo´ daiˇ hiˇ bun` tai⁺ ga` shid`

若桐：**有影**無？還期待哪！
rhiu` rhang´ mo han ki tai⁺ na´

宇泰：你哦，「**講著有好食，尾都會走直**」！
ngi o´ gong´ do´ rhiu` ho´ shid` mui` du⁺ voi⁺ zeu´ chid`

諏客料理

講著有好食，尾都會走直
gong´ do´ rhiu` ho´ shid` mui` du⁺ voi⁺ zeu´ chid`

只要提到好吃的東西，就會像狗翹起尾巴一樣，高興得不得了。

焙：烤
poi⁺

雞卵糕：蛋糕。
gai` lon´ go´

有影：真的。
rhiu` rhang´

109

文希　政安：哈 哈 ， 實 在 有 影 。
　　　　　　　ha` ha`　　siid cai iu´ iang`

大	家	都	坐	好	勢	咧	！
tai⁺	ga`	du⁺	co´	ho´	she˘	le`	

若桐：文 希 你 做 个 雞 卵 糕 味 緒 當
　　　　vun hi` ngi zo˘ gai´ gai` lon´ go mui⁺ si˘ dong`
　　　　好 ， 還 好 食 哪 ！
　　　　ho´　　han ho´ shid` na`

政安：摎 餐 廳 賣 个 共 樣 ， 正 經 當
　　　　lau` con` tang´ mai⁺ gai˘ kiung⁺ rhong⁺ zhin´ gin´ dong`
　　　　慶 。
　　　　kiang˘

文希：承 蒙 你 兜 个 阿 腦 ， 斯 講 宇
　　　　shin mung ngi´ deu` gai˘ o` no´ sii⁺ gong´ rhi´
　　　　泰 泡 茶 个 動 作 盡 熟 絡 哦 。
　　　　tai˘ pau` ca gai˘ tung⁺ zog cin⁺ shug` log` o´

好　勢：指動作完成。
ho´ she˘
味　緒：味道。
mui⁺ si˘
阿　腦：稱讚。
o` no´
熟　絡：在此指熟練。
shug` log`

「阿腦」可讀做 o` no´ / on` no´，本書海陸腔皆統一標 o` no´

宇泰：在莊下，吾公三餐食飽都會食茶，𠊎就在旁脣跈等學泡茶。

di ˇ zong ` ha ⁺ ， nga gung ` sam ` con ` shid ` bau ˇ du ⁺ voi ⁺ shid ` ca ， ngai ciu ⁺ di ˇ pong shun ten den ˇ hog ` pau ˇ ca

文希：「毋聲就毋聲，開聲打爛盎。」完全看毋出來你恁會泡茶。

m shang ` ciu ⁺ m shang ` ， koi ` shang ` da ˇ lan ⁺ ang ` 。 van cion kon ` m chud loi ngi an ˇ voi ⁺ pau ˇ ca

莊下 zong` ha⁺：鄉下。
食茶 shid` ca：喝茶。
旁脣 pong shun：旁邊。

諺客料理

毋聲就毋聲，開聲打爛盎
m shang` ciu⁺ m shang` koi` shang` da ˇ lan⁺ ang`
不鳴則已，一鳴驚人。

若桐：出門打嘴鼓、摎好朋友共下食好食个東西，無母著當幸福。

chud mun da´ zhoi zhoi´ gu´ lau` ho´ pen rhiu` kiung⁺ ha⁺ shid` ho´ shid` gai´ dung` si mo m chog` dong` hen⁺ fug

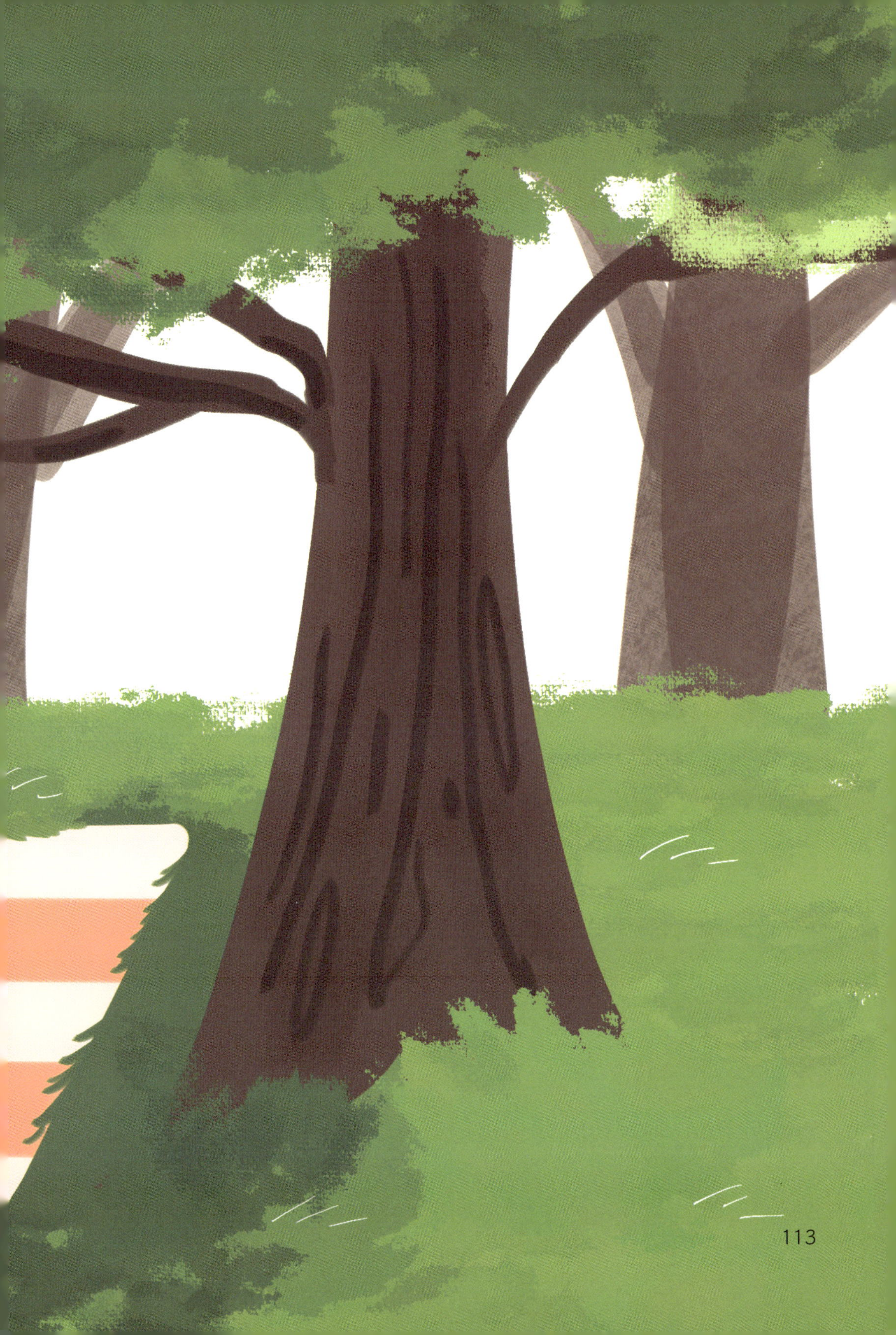

句型練習

1 ……已……

例：韶早个天時摎今晡日共樣<u>已</u>好。

_____
_____

2 ……正經……

例：你做个雞卵糕摎餐廳賣个共樣，<u>正經</u>當慶。

_____
_____

試題練習

（　）1 根據對話，請問若桐做麼个想愛去野餐？
(1) 天時好　(2) 天時毋好　(3) 心情好

( ) 2 根據對話,請問文希愛做麼个分大家食?

(1) 餅仔摎雞卵糕

(2) 焙番薯摎麵包

(3) 雞卵糕摎麵包

( ) 3 根據對話,請問麼人在莊下食飽後會食茶?

(1) 政安个阿婆 (2) 宇泰个阿公 (3) 文希个姑婆太

( ) 4 請問歸篇文章係仰般个氣氛?

(1) 悲傷 (2) 愁慮 (3) 歡喜

拼音練習

1. 有影：rh_____　rh_____

2. 阿腦：_____　_____

3. 旁脣：p_____　sh_____

4. 莊下：z_____　_____

5. 味緒：_____　_____

第六課
ti⁺ liug ko˅

來去食冰
loi hi˅ shidˋ benˋ

作者：鄭焄妤

宇泰：今晡日天時已好，放學个時節，愛來去運動坪打野球無？
gim` bu` ngid tien` shi i` ho´ biong` hog` gai` shi zied oi` loi hi` rhun⁺ tung⁺ piang da´ rha` kiu mo

若桐：毋過下晝體育課既經打過野球咧，敢有其他个事情好做？
m go` ha` zhiu` ti´ rhug` ko` gi` gin` da´ go` rha` kiu le` gam´ rhiu` ki ta` gai` sii⁺ cin ho´ zo`

野　球：棒球。
rha` kiu

下　晝：下午。
ha` zhiu`

宇泰：昨晡日打過羽毛球咧，該等一下愛做麼个呢？
co` bu` ngid da´ go` rhi´ mo` kiu le` gai den´ rhid ha+ oi` zo` ma´ gai` ne

若桐：偲俚做得去大門正手片个冰店食冰啊！偓還吂食過呢！
en´ li zo` ded hi´ tai+ mun zhin` shiu` pien` gai` ben` diam´ shid` ben` a+ ngai han mang shid` go` ne`

昨晡日：昨天。
co` bu` ngid

正手片：右手邊。
zhin` shiu` pien`

119

宇泰： 啊哦！「食飯打赤膊，做事尋衫著！」講著食你就恁有精神，正經係隻枵鬼

若桐： 正無像你講个恁樣呢！厓單淨試著日時頭恁熱，食冰做得降火啊！

枵：餓。
日時頭：白天。

諺客料理

食飯打赤膊，做事尋衫著
shid` pon+ da´ chag bog　　zo` she+ cim sam` zhog

打赤膊喻努力工作。吃飯很努力，要做事時卻反而藉故要找衣服穿。喻有福盡享，遇事推託。

若桐：還過，逐儕都講該間店个冰當好食，你想食看啊無？
han go , dag sa du⁺ gong´ gai gien` diam´ gai´ ben` dong ho´ shid`, ngi siong´ shid` kon´ a⁺ mo

宇泰：好啦，分你講到𠊎 口涎水 都 落落跌 咧，無去做毋得。到冰店咧！
ho´ la`, bun ngi gong´ do´ ngai heu´ lan` shui´ du⁺ dab` dab` died le`, mo hi´ zo m ded。do´ ben` diam´ le`

若桐：哇！有西瓜牛乳冰、木瓜牛乳冰，還有 時計果 枝冰，有恁多好選哦！
ua´! rhiu´ si gua` ngiu nen´ ben`、mug gua` ngiu nen´ ben`, han rhiu´ shi gie´ go´ gi` ben`, rhiu´ an´ do` ho´ sien´ o´

口涎水 (heu´ lan` shiu´)：口水。

落落跌 (dab` dab` died)：東西不停掉落，此處用以形容口水直流的樣子。

時計果 (shi gie´ go´)：百香果。口語亦可唸為to+ kie so`，源自日文とけいそう。

宇泰：你看你暢到耐毋得哩。
ngi konˇ ngi tiongˇ doˇ nai⁺ m ded leˊ

若桐：逐項都還想食哦，毋過𠊎毋像牛仔有四隻胃。
dag hong⁺ du⁺ han siongˊ shid` oˊ   m goˇ ngai m ciongˇ ngiu er rhiu` siˇ zhag vui⁺

宇泰：哈哈哈，牛仔應該乜無像你恁會食！偲俚來點餐。
ha` ha` ha`   ngiu er rhinˇ goi` meˇ mo ciongˇ ngi anˊ voi⁺ shid`   en` li loi diamˊ con`

若桐：𠊎愛食這還係食該呢？
ngai oiˇ shid` liaˊ han heˇ shid` gai noˊ

暢：開心。
tiongˇ

耐毋得：受不了、不得了。
nai⁺ m ded

122

宇泰：放心啦！𠊎俚還有韶早、拜四、拜五，還過過㤪年也做得，毋使愁食毋著啦！
fongˇ simˋ laˋ ！ enˋ li han rhiuˇ shau zoˊ、baiˇ siˊ、baiˇ ngˋ，han goˇ goˇ ted ngien rha+ zoˇ ded，m siiˊ seu shidˋ m doˊ laˋ！

若桐：有影呢！還有恁多時間，毋使驚、毋使驚，𠊎今晡日愛食樣仔牛乳冰摎珍珠乳茶！
rhiuˋ rhangˊ neˋ ！ han rhiuˇ anˊ do shi gien，m siiˊ giangˊ、m siiˊ giangˊ，ngai gimˊ buˊ ngid oiˇ shidˋ sonˋ er ngiu nenˇ benˋ lau zhinˊ zhuˋ nenˇ ca！

宇泰：你食恁多，韶朝晨定著會肥加一公斤啦！
ngi shidˋ anˊ do，shau zhauˋ shinˊ tin+ chogˋ voi+ pui gaˋ rhid gungˋ ginˋ laˋ！

拜：禮拜……、週……。
baiˇ

過㤪年：過年後、明年。
goˇ ted ngien

樣仔：芒果。
sonˋ er

摎：和。
lau

定著：一定。
tin+ chogˋ

句型練習

1. ……講著……就……

   例：講著食你就恁有精神，正經係隻枵鬼。

2. ……恁樣……

   例：厓正無像你講个恁樣呢！

試題練習

（　）1　根據對話，請問宇泰摎若桐昨晡日有麼个活動？
(1) 打羽毛球 (2) 打野球 (3) 走相逐

(　　) 2　根據對話，請問今晡日个天時仰般？

(1) 涼涼　(2) 當熱　(3) 當冷

(　　) 3　根據對話，請問若桐係哪種人？

(1) 好嗷　(2) 好食　(3) 好發鬫

(　　) 4　「你看你暢到耐毋得哩。」請問這位「暢」這隻字个意思，摎下背哪隻詞彙較接近？

(1) 暢快　(2) 唱歌仔　(3) 歡喜

(　　) 5　「今晡日个運動會 ____ 挷大索比賽，____ 走相逐比賽，十分鬧熱！」請問下背哪隻句型放入 ____ 肚最適當？

(1) 因為……所以……
(2) 若係……就……
(3) 除忒……還有……

6 請問你去冰店食冰个時節,好食哪種口味个冰?
請你分享一下。

> 參考詞彙:西瓜、木瓜、時計果、樣仔、珍珠乳茶
> 　　　　　四果、芋仔、牛乳、綠豆、紅豆
>
> 參考句型:偓好食_____口味个冰。

第七課
ti⁺ cid ko˘

來去看表演
loi hi˘ kon˘ biau´ rhan`

作者：宋家蓁

下課咧！政安撠筆記型電腦打開來搞。
ha` ko´ le` zhin´ on` lau` bid gi´ hin tien+
no´ da´ koi` loi gau´

宇泰：
政安，莫過搞電腦咧，𠊎聽講今暗晡夜中壢个中正公園有辦活動，有你盡好个「牛汶水樂團」會表演哦，偲俚來去看好無？
zhin´ on` , mog go´ gau´ tien+ no` le` , ngai tang gong´ gim` am` bu` rha+ zhung` lag gai` zhung zhin´ gung` rhan rhiu` pan+ fad` tung+ , rhiu` ngi cin+ hau´ gai` 「ngiu vun´ shui´ ngog ton」 voi+ biau´ rhan o´ , en` li loi hi´ kon´ ho´ mo

政安：
正經哦？有牛汶水，該𠊎定著愛去啊！
zhin´ gin` o´ ? rhiu` ngiu vun´ shui´ , gai ngai tin+ chog` oi` hi´ a+

牛汶水：又做「牛搵水」；牛汶水是一道客家人的傳統點心，以糯米粄，搭配黑糖薑汁製作而成。因其外觀像是水牛泡在水裡，只露出頭與背在水面上的樣子，故得名「牛汶水」。而此指虛構的樂團名稱。
ngiu vun´ shui´

128

文希: 你兜在該講麼个，仰看起來恁歡喜？
ngi deuˋ di gai gongˋ maˊ gaiˋ, ngiongˊ konˇ hiˊ loi anˊ fonˋ hiˊ

政安: 暗晡夜在中正公園有「牛汶水樂團」來唱歌仔！你愛摎𠊎兜共下去看無？
amˇ buˋ rha⁺ di zhungˋ zhinˊ gungˋ rhanˇ rhiuˋ ngiuˊ vunˇ shuiˊ ngogˋ ton loi chongˇ goˋ er ngiˊ oiˇ lauˇ ngai deuˋ kiung⁺ ha⁺ hiˇ konˇ mo

文希: 好啊好啊！該𠊎俚愛仰般去啊？因為𠊎俚無奧多拜。啊！𠊎有聽學長、學姊講過，佢兜識騎自行車去該片呢！
hoˊ a⁺ hoˊ a⁺ ! gai enˋ li oiˇ ngiongˊ banˋ hiˇ a⁺ ? rhinˋ vui⁺ enˋ li mo oˇ do baiˋ . aˋ ! ngai rhiuˋ tangˇ hogˋ zhongˊ、hogˋ ze gongˊ goˇ , gi deuˋ shid ki ciiˋ hang chaˋ hiˇ gai pienˊ neˋ !

識：曾經。
shid .

129

宇泰：毋 使 恁 麻 煩 啦！ 偓 俚 做 得
　　　m　sii´ an´ ma fan la` en` li zo` ded
　　　坐 巴 士 去 ， 偃 記 得 1 3 2
　　　co ba` sii+ hi´ ngai gi` ded rhid sam` ngi+
　　　摎 1 3 3 路 公 車 ， 係 對 學
　　　lau´ rhid sam` sam` lu+ gung cha` he` dui` hog`
　　　校 到 中 壢 車 頭 ， 半 點 鐘 就
　　　gau´ do´ zhung` lag cha teu ban` diam´ zhung ciu
　　　有 一 枋 ， 到 該 片 正 行 過 去
　　　rhiu` rhid biong` do´ gai pien´ zhang` hang go` hi´
　　　公 園 。
　　　gung` rhan

文希：該 1 7 2 、 1 7 3 路 公 車
　　　gai rhid cid ngi+ rhid cid sam` lu+ gung` cha`
　　　係 去 哪 片 啊 ？
　　　he` hi´ nai+ pien´ a+

車　頭：車站。
cha` teu
枋：班次。
biong`

130

宇泰：該係坐去桃園高鐵站个車仔。
gai heˇ coˋ hiˇ to rhan goˋ tied zhamˇ gaiˇ chaˋ er

文希：你實在還慶，無像𠊎戇戇，麼个都毋知。
ngi shidˋ cai⁺ han kiangˇ mo ciongˇ ngai ngongˇ ngongˇ maˇ gaiˇ du⁺ m diˋ

文希：開學到這下，𠊎對這片還盲當熟，想愛上街也毋知愛去哪正好。
koiˋ hogˋ doˇ liaˊ ha⁺ ngai duiˋ liaˊ pienˊ han mang dongˋ shugˋ siongˇ oiˇ shongˋ gaiˊ rha⁺ m diˋ oiˇ hiˇ naiˊ zhangˋ hoˊ

慶：厲害。
kiangˇ

戇：笨。
ngongˇ

政安：啊(a⁺)！你(ngi)做(zo´)得(ded`)去(hi´)中(zhung`)壢(lag)車(cha`)頭(teu)附(fu´)近(kiun⁺)，該(gai)搭(dab`)仔(er)盡(cin⁺)鬧(nau⁺)熱(ngied`)，還(han)有(rhiu´)當(dong`)多(do`)好(ho´)食(shid`)个(gai´)！

政安：莫(mog`)講(gong´)恁(an´)多(do`)咧(le`)！偓(en`)俚(li)遽(giag)遽(giag)來(loi)去(hi´)看(kon´)「牛(ngiu)汶(vun´)水(shui´)樂(ngog`)團(ton)」啦(la`)！

宇泰：係(he´)啊(a⁺)！若(na⁺)係(he´)再(zai´)講(gong´)，包(bau`)尾(mui`)無(mo)位(vui⁺)仔(er)好(ho´)坐(co⁺)，該(gai)就(ciu⁺)「禾(vo)黃(vong)水(shui´)落(log`)，飯(pon⁺)熟(shug`)火(fo´)著(chog`)」咧(le`)！

該搭仔(gai dab` er)：那裡。
包尾(bau` mui`)：最後。

諺客料理

禾黃水落，飯熟火著
(vo vong shui´ log` pon⁺ shug` fo´ chog`)
稻子成熟了才開始下雨，飯都熟了火才點著；
形容一切都太慢了。

宇泰：講著這時間，俇係無赴著尾枋車，就愛使較多錢坐計程車哦。
gong´ do´ lia´　en` he´ mo fu` do´ mui` biong` cha`　ciu⁺ oi` sii´ ha` do cien co` gie` chang cha` o´
（注意轉來个時間，俇係無赴著尾枋車，就愛使較多錢坐計程車哦。）

文希：好啦，摎電腦關忒，煞煞來去等公車。
ho´ la`　lau` tien⁺ no´ guan` ted　sad sad loi hi` den´ gung` cha`

赴 著：趕上。
fu` do´

使：花費。
sii´

133

句型練習

1 ……對……到……

例：132 摎 133 路公車,係<u>對</u>學校<u>到</u>中壢車頭。

_____
_____

2 若係……就……

例：<u>若係</u>再講,包尾無位仔好坐,
　　該<u>就</u>「禾黃水落,飯熟火著」咧!

_____
_____

試題練習

( ) 1 根據對話,請問係麼儕盡好「牛汶水樂團」?
　　　(1) 政安 (2) 宇泰 (3) 文希

134

(　) 2 根據對話，請問政安、宇泰，還過文希係坐麼個交通工具去看「牛汶水樂團」个表演？
(1) 公車 (2) 高鐵 (3) 計程車

(　) 3 根據對話，係講你愛坐巴士去桃園高鐵站，你愛坐下背哪路公車正好？
(1)133 (2)172 (3)9025

(　) 4 「煞煞來去等公車。」請問這位「煞煞」个意思，摎下背哪隻客語詞彙較相近？
(1) 遽遽 (2) 黏黏 (3) 快快

(　) 5 「好得有你个提醒，____ 俚韶早愛交个作業，____ 會毋記得交咧！」
請問下背哪隻句型放入 ____ 肚最適當？
(1) 因為……所以……
(2) 除忒……還過……
(3) 係無……就……

6 請問你盡好哪隻樂團抑係歌手？請你講看啊若原因。

參考句型：偓盡好_____樂團，因為……

7 請你根據下背個圖，講出這張車單係對哪位上車？坐到哪片？係幾多點出發？又係幾時會到呢？

來去客家鐵路公司

2025.01.15
全票

自強 (3000)

臺北
toi bed

10：20 開

2 車 6 號

臺中
toi zhung`

12：24 到

NT$375

第八課
ti⁺ bad ko˘

你想參加
ngi´ siong´ cam` ga`

麼个比賽？
ma´ gai` bi´ soi˘

作者：張舒晴

Hakka

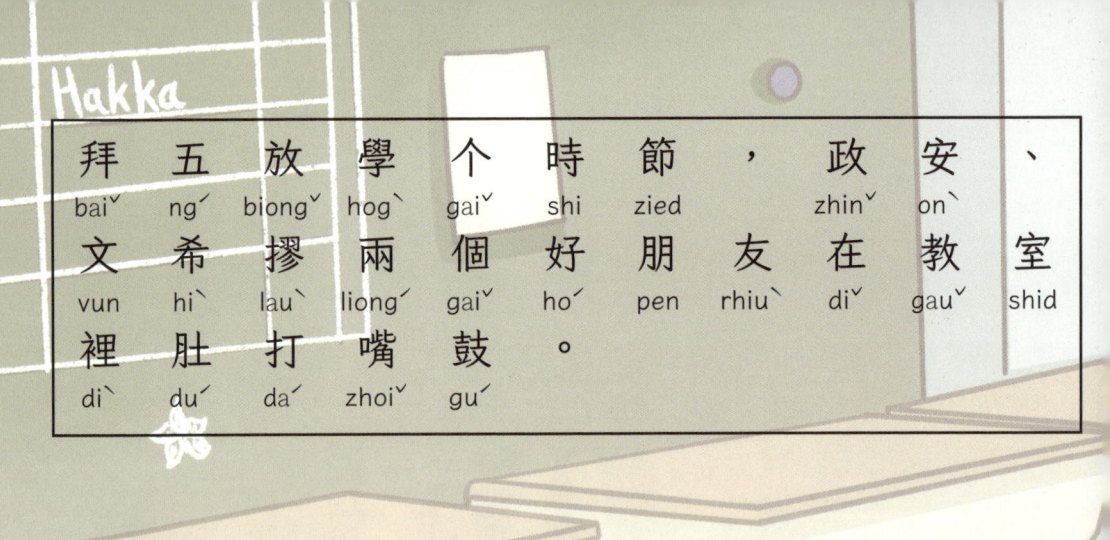

拜 五 放 學 个 時 節， 政 安、
bai ng biong hog gai shi zied zhin on
文 希 摎 兩 個 好 朋 友 在 教 室
vun hi lau liong gai ho pen rhiu di gau shid
裡 肚 打 嘴 鼓 。
di du da zhoi gu

政安
韶 早 就 愛 放 寮 咧！你 兜 有
shau zo ciu+ oi biong liau+ le` ngi deu rhiu
安 排 麼 个 活 動 無？
on pai ma gai fad tung+ mo

若桐
倕 愛 去 姐 公、 姐 婆 屋 下 尞
ngai oi hi zia gung zia po vug ha liau+

姐　公：外公。
zia gung

姐　婆：外婆。
zia po

尞：玩。
liau+

文希: 𠊎拜六愛跈屋下人去公園放紙鷂仔，順續去尋高中同學看電影。
ngai bai` liug oiˇ ten vug haˋ ngin hiˇ gungˋ rhan biongˇ zhiˊ rhau⁺ er shun⁺ saˇ hiˇ cim goˋ zhung tung hogˋ konˇ tien⁺ rhangˇ

宇泰: 你兜都毋記得下禮拜就係運動會咧！趕這隻寮日𠊎愛煞猛練習，正毋會輸人。
ngi deuˋ du⁺ m giˋ ded ha⁺ liˋ baiˇ ciu⁺ heˇ rhun⁺ tung⁺ fui⁺ leˋ gonˊ liaˊ zhagˋ liau⁺ ngid ngai oiˇ sad mangˋ lien⁺ sibˋ zhangˇ m voi⁺ shuˋ ngin

政安: 𠊎正經毋記得咧，你講咧𠊎正想著。
ngai zhinˇ ginˋ m giˋ ded leˋ ngi gongˊ leˋ ngai zhangˇ siongˊ doˊ

跈：跟。
ten

放紙鷂仔：放風箏。
biongˇ zhiˊ rhau⁺ er

順續：順便。
shun⁺ saˇ

趕：趁著。
gonˊ

139

若桐：你 係 參 加 麼 个 比 賽 啊？
ngi heˇ camˋ gaˋ maˊ gaiˇ biˊ soiˇ a⁺

宇泰：偃 參 加 泅 水 比 賽 。 雖 然 還
ngai camˋ gaˋ ciu shuiˊ biˊ soiˇ suiˋ rhan han
毋 係 盡 會 泅 。
m heˇ cin⁺ voi⁺ ciu

宇泰：毋 過 「 敢 去 就 一 擔 樵 ， 毋
m goˇ gamˊ hiˇ ciu⁺ rhid damˇ ciauˊ m
敢 去 就 屋 下 愁 。 」 試 看 啊
gamˊ hiˇ ciu⁺ vug haˋ seu chiˇ konˇ a⁺
正 知 結 果 。
zhangˇ diˋ gied goˊ

泅 水（洗 身 仔）：游泳。
ciu shuiˊ seˊ shinˋ er

140

若桐： 你恁煞猛，這擺比賽定著會**打頭名**啦！
ngiˊ anˊ sad mangˋ，liaˊ baiˋ biˋ soiˇ tin⁺ chogˋ voi⁺ daˊ teu miang laˋ！

宇泰： 承蒙你个阿腦哦！該你兜有參加麼个比賽無？
shin mung ngiˊ gaiˇ oˋ noˊ oˋ！gai ngiˊ deuˋ rhiuˋ cam gaˋ maˊ gaiˇ biˋ soiˇ mo？

文希： 𠊎摎若桐有報名**走追仔**。
ngai lauˋ rhogˋ tung rhiuˋ boˇ miang zeuˊ duiˋ er。

打頭名：得第一名。
daˊ teu miang

走追仔：賽跑。
zeuˊ duiˋ er

141

若桐： 係啊！所以這駁仔體育課
heˇ a⁺ soˇ rhiˋ liaˊ bog er tiˊ rhugˋ koˋ
𠊎兜都在運動坪練習。
ngai deuˋ du⁺ diˇ rhun⁺ tung⁺ piang lien⁺ sibˋ

政安： 𠊎對運動無恁慶，就摎大
ngai duiˇ rhun⁺ tung⁺ mo anˊ kiangˇ ciu⁺ lau tai⁺
家翕相好咧。
gaˋ hib siongˇ hoˇ leˋ

文希： 毋過愛考試咧，毋單淨愛
m goˇ oiˇ kauˇ shiˇ leˋ m danˋ ciang⁺ oiˇ
上臺報告，還有當多功課
shongˇ toi boˇ goˇ han rhiuˇ dong doˋ gung koˋ
愛寫，逐日都試著當悿。
oiˇ siaˊ dag ngid du⁺ chiˇ doˊ dongˋ tiamˊ

宇泰： 𠊎上擺聽了學校个演講，
ngai shong⁺ baiˊ tangˇ liauˊ hogˋ gauˇ gaiˇ rhanˋ gongˋ
聽講運動做得減輕壓力，
tangˇ gongˋ rhun⁺ tung⁺ zoˇ ded gamˊ kiangˊ ab lidˋ
𠊎試著當有效。
ngai chiˇ doˊ dongˋ rhiuˇ hauˇ

這駁仔：這陣子。　　翕　相：拍照。
lia bog er　　　　　　hib siongˇ

運動坪：操場。　　悿：累。
rhun⁺ tung⁺ piang　　tiam

摎：幫忙。　　　　　聽　講：聽說。
lau　　　　　　　　tangˇ gongˋ

若桐： 係啊！「運動身體好，懶尸催人老！」運動乜做得保持身體康健。
he´ a⁺ rhun⁺ tung⁺ shin` ti´ ho´ nan` shi` cui` ngin lo´ rhun⁺ tung⁺ me´ zo´ ded bo´ chi shin` ti´ kong` kien⁺

文希： 恁樣下禮拜个運動會，偓俚共下加油哦！
an ngiong ha⁺ li` bai´ gai` rhun⁺ tung⁺ fui⁺ en` li kiung⁺ ha⁺ ga` rhiu o´

諺客料理

運動身體好，懶尸催人老
rhun⁺ tung⁺ shin` ti´ ho´ nan` shi` cui` ngin lo´

運動身體好，懶惰催人老，勉勵人要多運動。

句型練習

1. ……摎……

例：厓對運動無恁慶，就摎大家翕相好咧。

2. ……毋單淨……還有……

例：佢毋單淨愛上臺報告，還有當多功課愛寫。

試題練習

( ) 1 根據對話，請問宇泰係愛參加麼个比賽？
(1) 走追仔 (2) 泅水 (3) 排球

( ) 2 根據對話，請問係麼人無參加比賽？

(1) 政安 (2) 宇泰 (3) 若桐

( ) 3 根據對話，請問文希係愛跈屋下人去公園做麼个？

(1) 跳索仔 (2) 放紙鷂仔 (3) 騎自行車

( ) 4 請問「敢去就一擔樵，毋敢去就屋下愁」，係在該鼓勵人愛仰般？

(1) 樂觀 (2) 老實 (3) 勇敢

( ) 5 「佢毋記得帶課本來上課，____先生喊佢去撈同學共下看。」請問下背哪隻句型放入____肚最適當？

(1) 所以 (2) 抑係 (3) 毋過

6 根據對話,請問文希做麼个逐日都試著當煞?

句子重組:

因為、上臺報告、當多功課、寫、愛、還有、愛

7 除忒文章講著運動做得減輕壓力,請問你平常時都做麼个來放鬆心情呢?請分享你个經驗。

參考詞彙:

運動、打球仔、看電影、唱歌仔、蹶山、打嘴鼓、畫圖、打羽毛球、食冰、泅水仔、放紙鷂仔

參考句型:偃平常時會去_____來放鬆心情。

第九課
ti⁺ giuˊ koˇ

過年來拚掃
goˇ ngien loi biangˇ soˇ

作者：黃乙軒

毋	多	知	仔	，	又	到	年	底	咧	。
m	do`	di`	er		rhiu+	do˘	ngien	dai´	le`	

宇泰：
總算結束早㽺上課个日仔，
zung´ son˘ gied sug zo´ hong˘ shong` ko˘ gai` ngid er
𠊎愛日日睡到毋知醒。
ngai oi˘ ngid ngid shoi+ do˘ m di` siang´

阿姆：
年愛到咧，韶早食朝後就
ngien oi˘ do˘ le` shau zo´ shid` zhau heu+ ciu+
愛開始大拚掃，無時間分
oi˘ koi` shi´ tai+ biang˘ so˘ mo shi gien` bun
你睡目睡歸日。
ngi shoi+ mug shoi+ gui` ngid

宇泰：
有影無？𠊎想愛摎𠊎个眠
rhiu` rhang´ mo ngai siong´ oi˘ lau ngai gai` min
床好好培養感情啦。
cong ho´ ho´ poi rhong` gam´ cin la`

毋多知仔：不知不覺。
m do` di` er

㽺：此處指起床。
hong˘

食朝：吃早餐。
shid` zhau

拚掃：清掃。
biang˘ so˘

眠床：床。
min cong

第二日食飽朝後。
ti⁺ ngi⁺ ngid shid` bau´ zhau` heu⁺

阿姆：宇泰，你先拿布仔摎所有間房个窗門捽淨，愛細義衫褲毋好溼忒咧。
rhi´ tai´, ngi sen` na´ bu´ er lau so´ rhiu´ gien` fong gai´ cung` mun cud ciang⁺, oi se´ ngi⁺ sam` fu` m ho´ shib ted le`

宇泰：無問題！
mo mun´ ti

阿爸：𠊎先去摎洗身間還有洗衫機洗淨，正去廳下掃地泥。
ngai sen` hi` lau se´ shin gien` han rhiu` se´ sam` gi` se´ ciang⁺, zhang´ hi` tang` ha` so´ ti⁺ nai

間房 gien` fong：房間。
窗門 cung` mun：窗戶。
捽 cud：擦。
衫褲 sam` fu`：衣服。
洗身間 se´ shin gien`：浴室。
廳下 tang` ha`：客廳。
掃地泥 so´ ti⁺ nai：掃地。

149

阿姆：灶下就交分𠊎，順續摎冰箱整理一下，看做得炒麼个菜食。
zo˘ ha` ciu⁺ gau` bun ngai　shun⁺ sa˘ lau ben
siong` zhin´ li´ rhid ha⁺　kon˘ zo˘ ded cau´ ma
gai˘ coi˘ shid`

宇泰：𠊎記得冰箱裡肚還有一兜水餃，傍一杯冰冰个豆乳，一等好食。
ngai gi˘ ded ben siong` di` du´ han rhiu rhid deu
shui´ giau´　bong´ rhid bui` ben ben gai˘ teu⁺ nen˘
rhid den´ ho´ shid`

阿爸：你先拿袋仔摎垃圾張起來，拿去門口放較實在。
ngi sen` na` toi⁺ er lau la´ sab zhong hi´ loi
na` hi´ mun heu´ biong˘ ha˘ shid` cai⁺

灶下：廚房。
zo˘ ha`

傍：配。
bong´

豆乳：豆漿。
teu⁺ nen˘

垃圾：垃圾。
la´ sab

阿姆：還 有 空 个 盎仔 摎 舊 个 月 曆
han rhiu` kung` gai` ang` er lau` kiu+ gai` ngied` lag`
乜 愛 記 得 搬 出 去 哦 。
me` oi` gi` ded ban` chud hi` o`

宇泰：好 啦 ， 毋 過 偓 个 肚屎 正 經
ho` la` m go` ngai gai` du` shi` zhin` gin`
還 枵 咧 。
han iau` le`

阿姆：「 大 落 細 ， 一 空 鬥 一 榫 。 」
tai+ lab se` rhid kung` deu` rhid sun`
大 家 分 工 合 作 遽 遽 結 束
tai+ ga` fun` gung` hab zog giag giag gied sug
就 做 得 食晝 咧 ！
ciu+ zo` ded shid` zhiu` le`

盎 仔：瓶子。
ang` er
肚 屎：肚子。
du` shi`
食 晝：吃午餐。
shid` zhiu`

諺客料理

大 落 細 ， 一 空 鬥 一 榫
tai+ lab se` rhid kung` deu` rhid sun`
一個蘿蔔一個坑，剛剛好。

151

句型練習

1 ……先……正……

例：<u>先</u>去摎洗身間還有洗衫機洗淨，<u>正</u>去廳下掃地泥。

_____

_____

2 ……較……

例：你先拿袋仔摎垃圾張起來拿去門口放<u>較</u>實在。

_____

_____

> 「……較……」也有「更」的意思，例如：A比B更高。
> ex：<u>佢比你較高。</u>

試題練習

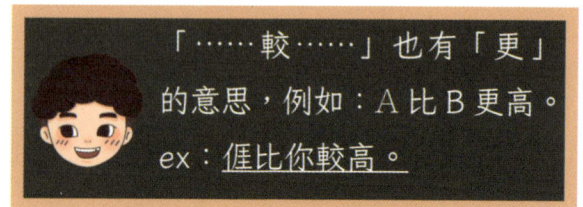

( ) 1 根據對話，請問佢兜做麼个愛大拚掃？
(1) 屋下屙糟 (2) 年會到咧 (3) 食飽尛閒

(　) 2 根據對話，請問宇泰做麼个想愛摎眠床培養感情？
(1) 眠床盡淨俐 (2) 身體毋鬆爽 (3) 毋使早跈上課

(　) 3 請問文章裡肚个「窗門」係麼个東西？
(1) 門 (2) 窗仔 (3) 窗仔摎門

(　) 4 請問哪兜東西較毋會在灶下出現？
(1) 鑊仔、刀仔 (2) 書包、課本 (3) 箸、湯匙

(　) 5 請問文章裡肚阿爸喊宇泰用袋仔摎麼个東西張起來？
(1) 垃圾 (2) 盎仔 (3) 月曆

(　) 6 根據對話，請問下背哪隻可能較毋會發生？
(1) 阿爸去洗衫褲
(2) 佢兜當晝食水餃
(3) 門口放一袋垃圾

7 過年屋下大拚掃个時節,你係負責麼个工作?
摎大家分享你个經驗。

參考詞彙:
窗門、捽、搓、洗身間、掃、地泥、擲、垃圾

參考句型:
過年屋下大拚掃个時節,倨負責_____。

154

第十課
ti˖ shib ko˘

懷念个
fai ngiam˖ gai˘

一擺旅行
rhid bai´ li` hang

作者：李秉倫

文 希 寒 假 去 紐 西 蘭 尞 ， 買
vun hi` hon ga´ hi ̌ neu´ si` lan liau⁺ mai`
咧 當 多 等 路 愛 摎 同 學 分 享
le` dong` do` den´ lu⁺ oi ̌ lau` tung hog` fun` hiong´

政安：哇！若桌頂仰會有恁多零嗒，看起來已好食！
ua` ngia zog dang´ ngiong ̌ voi⁺ rhiu` an´ do` lang
dab` kon ̌ hi´ loi i` ho´ shid`

文希：這兜係涯上隻月去紐西蘭買个，該當時涯一無細義嗄買忒多咧。
lia´ deu` he ̌ ngai shong⁺ zhag ngied` hi ̌ neu´ si` lan
mai` gai ̌ gai dong` shi ngai rhid mo se ̌ ngi⁺
sa ̌ mai` ted do` le`

宇泰：看起來有人愛涯揗食哦！
kon ̌ hi´ loi rhiu` ngin oi ̌ ngai ten ̌ shid` o

等 路：禮物。
den´ lu⁺

零 嗒：零食。
lang dab`

該 當 時：那時候。
gai dong` shi

嗄：卻。
sa ̌

揗 食：幫忙吃。
ten ̌ shid`

文希：厓 本 來 就 有 準 備 分 你，在 這 。
ngai bun´ loi ciu⁺ rhiu` zhun´ pi⁺ bun` ngi di ˇ lia´

宇泰：還 好 哪，承 蒙！該 你 摎 麼 人 去 啊？
han ho´ na´ shin mung gai ngi lau` ma´ ngin hi ˇ a⁺

文希：除 忒 厓 个 屋 下 人，還 有 吾 表 哥 摎 厥 餔 娘，總 共 七 儕 。
chu ted ngai gai ˇ vug ha` ngin han rhiu` nga biau´ go` lau` gia bu` ngiong zung´ kiung⁺ cid sa

政安：聽 起 來 當 鬧 熱，該 你 印 象 最 深 个 事 係 麼 个 啊？
tang ˇ hi´ loi dong` nau⁺ ngied` gai ngi rhin ˇ siong⁺ zui` chim` gai ˇ sii⁺ he ˇ mag gai ˇ a⁺

除　忒：除了。
chu ted
餔　娘：妻子。
bu` ngiong

文希：絕對係「高空彈跳」，實在還**得人驚**！
cied` dui´ he´ go` kung` tan tiau´ shid` cai+ han ded ngin giang`

政安：有影無？看毋出來你恁大膽。
rhiu` rhang´ mo kon´ m chud loi ngi an´ tai+ dam´

文希：其實𠊎一開始乜毋敢，係吾婆在脣項鼓勵𠊎講：「人生莫留遺憾哦！」𠊎正決定去試看啊。
ki shid` ngai rhid koi` shi´ me´ m gam´ he´ nga po di´ shun hong+ gu´ li+ ngai gong´ ngin sen` mog` liu vui ham+ o´ ngai zhang+ gied tin+ hi´ chi´ kon´ a+

得人驚：可怕，令人害怕。
ded ngin giang`

宇泰： 哇，正經係「人不可貌相，海水不可斗量」，結果你試著仰般？
ua´ zhin` gin´ he` ngin bud ko´ mau⁺ siong` hoi´ shui´ bud ko´ deu´ liong⁺ gied go´ ngi chi` do´ ngiong´ ban`

文希： 跳下去个時節，壓力、煩惱都毋見忒，好得有把扼機會！
tiau` ha` hi` gai` shi zied ab lid` fan no´ du⁺ m gien` ted ho´ ded rhiu` ba´ ag gi` fui⁺

政安： 聽你恁樣講，𠊎乜想愛去咧。
tang` ngi an ngiong gong´ ngai me` siong` oi` hi` le`

宇泰： 抑係偃俚避暑去紐西蘭？
rha⁺ he` en` li pid chu´ hi` neu´ si` lan

諺客料理

人不可貌相，海水不可斗量
ngin bud ko´ mau⁺ siong` hoi´ shui´ bud ko´ deu´ liong⁺
不要憑外貌判斷人的好壞或能力高低。

把扼：把握。
ba´ ag

避暑：放暑假。
pid chu´

文希：莫在該發夢咧，僶俚哪有錢自家出國去寮。
mog di ˇ gai bod mung⁺ le ˋ　en ˇ li nai⁺ rhiu ˇ
cien cid ga ˋ chud gued hi ˇ liau⁺

宇泰：人生本來就有夢最靚啊！
ngin sen ˇ bun ˊ loi ciu⁺ rhiu ˇ mung⁺ zui ˋ ziang ˋ a⁺

政安：著！著！著！僶這下就來看飛行機个時間。
chog ˋ chog ˋ chog ˋ ngai lia ˊ ha⁺ ciu⁺ loi
kon ˇ fui ˋ hang gi ˋ gai ˇ shi gien ˋ

文希：算咧，僶愛去尋若桐咧，無想愛搭你兜！
son ˇ le ˋ　ngai oi ˇ hi ˇ cim rhog ˋ tung le ˋ
mo siong ˊ oi ˇ dab ngi deu ˋ

靚：美、漂亮。
ziang

飛行機：飛機。
fui hang gi

搭：理會、理睬。
dab

句型練習

1. ……嗄……

例：這兜零嗒倕一無細義嗄買忒多咧。

2. 除忒……還有……

例：除忒倕个屋下人，還有吾表哥摎厥餔娘。

試題練習

( ) 1 根據對話，請問文希去紐西蘭个時節，最有可能做下背哪件事情？
(1) 跳索仔 (2) 去逛街 (3) 轉唐山

( ) 2 根據對話，請問文希个屋下有幾多儕人？

(1) 三儕 (2) 五儕 (3) 七儕

( ) 3 請問下背哪隻選項个意思，摎其他兩隻最無共樣？

(1) 得人惜 (2) 得人驚 (3) 得人畏

( ) 4 根據對話，請問下背哪隻選項正著？

(1) 文希七月个時節去紐西蘭寮

(2) 文希一開始毋敢去高空彈跳

(3) 文希个阿婆無共下去紐西蘭

( ) 5 請問文希愛喊佢个表哥个餔娘麼个？

(1) 大娘姊 (2) 表姊 (3) 阿嫂

6 請問你最想愛去哪隻國家寮？請分享你个理由。

參考句型：𠊎盡想愛去＿＿＿＿，因為……

第十一課
ti˙ shib` rhid ko˘

放寮，出去寮
biong˘ liau˙   chud hi˘ liau˙

作者：陳堃長

拜 五 暗 晡 ， 政 安 湊 宇 泰 韶
bai` ng´ am` bu zhin´ on` ceu` rhi´ tai` shau
早 食 晝 過 後 ， 共 下 騎 奧 多
zo´ shid` zhiu` go` heu⁺ kiung⁺ ha⁺ ki o do
拜 出 去 寮 。
bai` chud hi` liau⁺

政安：韶 早 毋 使 上 課 ， 愛 跈 𠊎 共
shau zo´ m sii´ shong` ko` oi` ten ngai kiung⁺
下 出 去 寮 無 ？
ha⁺ chud hi` liau⁺ mo

宇泰：做 得 啊 ， 毋 過 聽 講 韶 朝 晨
zo` ded a⁺ m go` tang` gong´ shau zhau` shin
會 落 水 毛 仔 ， 愛 確 定 哦 ！
voi⁺ log` shui´ mo er oi` kog tin⁺ o´

政安：毋 使 驚 ， 人 講 ：「 早 雨 晝
m sii´ giang` ngin gong´ zo´ rhi´ zhiu`
晴 。」 若 係 韶 早 落 水 ， 到
ciang na⁺ he` shau zo´ log` shui´ do`
下 晝 就 係 好 天 。
ha` zhiu` ciu⁺ he` ho´ tien`

諺客料理

早雨晝晴
zo´ rhi´ zhiu` ciang
如果清晨下一場大雨，表示當日的
天氣會晴朗、萬里無雲。

暗 晡：晚上。
am` bu

朝 晨：早上。
zhau` shin

落 水 毛 仔：下毛毛雨。
log` shui´ mo er

落 水：下雨。
log` shui´

好 天：天氣晴朗。
ho´ tien`

宇泰：好啦，恁樣偲俚愛去哪？
ho´ la´ an ngiong en` li oi´ hi´ nai⁺

政安：去學校附近个山項野餐好無？
hi´ hog` gau´ fu⁺ kiun⁺ gai⁺ san` hong⁺ rha` con` ho´ mo

宇泰：該位當多人在該飆車，偲俚愛較細義兜仔。
gai vui⁺ dong` do` ngin di´ gai biau` cha` en` li oi´ ha´ se´ ngi⁺ deu` er

政安：還過前幾日有落水，山路又溼又滑，所以愛定定仔騎。
han go´ cien gi´ ngid rhiu` log` shui´ san` lu⁺ rhiu⁺ shib rhiu⁺ vad` so´ rhi` oi´ tin⁺ tin⁺ er ki

山項：山上。
san` hong⁺

定定仔：慢慢地。
tin⁺ tin⁺ er

165

客語課後小組（4）

拜 六 當 晝 ， 政 安 个 手
bai ˇ liug dong ˋ zhiu ˇ　　zhin ˇ on ˋ gai ˇ shiu ˊ
機 仔 響 無 停 。
gi ˋ er hiong ˊ mo tin

今晡日

宇泰

阿 姆 哀 哦 ！
a⁺ me ˋ oi ˊ o ˊ
日 頭 晒 屎 朏 哩 ，
ngid teu sai ˇ shi⁺ vud le ˊ
你 還 吂 䟘 ！
ngi han mang hong ˇ

12：01

敗 勢 啦 ， 昨 暗 晡 忒 暗 睡
pai⁺ she ˇ la ˇ 　 co ˋ am ˇ bu ˋ ted am ˇ shoi⁺
， 偲 俚 這 下 遽 遽 出 發 。
en ˋ li lia ˊ ha⁺ giag giag chud fad

已讀
12：02

阿 姆 哀：我的媽啊！
a⁺ me ˋ oi ˊ
日 頭 晒 屎 朏：太
ngid teu sai ˇ shi⁺ vud
陽曬屁股，指早上晚起。

已讀
12：02

166

到 山 項 咧 。
doˇ sanˋ hong⁺ leˋ

政安： 這 下 水 正 落 啊 忒 ， 還 烏 陰
liaˊ ha⁺ shuiˊ zhang` log` a⁺ ted han vuˋ rhimˋ
烏 陰 ， 希 望 等 下 會 出 日 頭 。
vuˋ rhimˋ hiˋ mong⁺ den` ha⁺ voiˇ chud ngid teu

宇泰： 你 看 ， 落 水 過 後 出 虹 咧 ！
ngi konˇ log` shuiˊ goˇ heu⁺ chud kiung⁺ leˋ
還 靚 哦 ！
han ziangˋ oˊ

政安： 係 啊 ， 這 片 空 氣 當 好 。 對
heˇ a⁺ liaˊ pienˊ kungˋ hiˇ dong` hoˊ duiˇ
這 看 對 面 个 青 山 摎 山 底 下
liaˊ konˇ duiˇ mienˇ gaiˇ ciang` san` lau` san` daiˊ ha`
个 平 洋 ， 就 像 一 幅 畫 。
gaiˇ piang rhong ciu⁺ ciongˇ rhid bug fa⁺

落 啊 忒：此處指剛下完雨。
log` a⁺ ted
烏 陰：天色昏暗的樣子。
vuˋ rhimˋ
出 日 頭：出太陽。
chud ngid teu
虹：彩虹。
kiung⁺
青 山：顏色青蔥翠綠的山脈。
ciang`san`
平 洋：平原。
piang rhong

「虹」可讀做 kiung⁺ / fung，
本書海陸腔皆統一標 kiung⁺

宇泰：聽你怎樣講，𠊎都想愛在這歇哩。
tang` ngi an ngiong gong´, ngai du⁺ siong´ oi^ di^ lia` hied le´

政安：暗晡夜去河壩脣露營，摎天頂个月光、星仔共下睡目，好無？
am^ bu` rha⁺ hi^ ho ba` shun lu^ rhang lau` tien` dang´ gai^ ngied` gong´ siang` er kiung⁺ ha⁺ shoi⁺ mug ho´ mo

宇泰：當然做毋得，因為後日係期中考……
dong` rhan zo` m ded, rhin` vui⁺ heu⁺ ngid he^ ki zhung` kau´

歇：住宿、休息。
hied

河壩脣：河邊。
ho ba` shun

天頂：天空、天上。
tien` dang´

月光：月亮。
ngied` gong´

星仔：星星。
siang` er

句型練習

1. ……毋使……

   例：韶早<u>毋使</u>上課，愛珍倨共下出去寮無？

   _____
   _____

2. ……V 啊忒……

   例：這下水正<u>落啊忒</u>，還烏陰烏陰。

   _____
   _____

試題練習

(　) 1　根據對話，請問政安摎宇泰係麼个時節共下出去寮？
   (1) 拜五朝晨 (2) 拜六下晝 (3) 拜六朝晨

(　) 2 根據對話，請問政安摎宇泰係用麼个方式去山項？
(1) 騎奧多拜 (2) 騎自行車 (3) 駛車仔

(　) 3 根據對話，因為山路又溼又滑，所以騎車仔个時節愛仰般？
(1) 遽遽騎 (2) 慢慢仔騎 (3) 略略仔騎

(　) 4 請問政安睡到「日頭晒屎朏」係講佢仰般？
(1) 佢打早就䘫床
(2) 佢歸暗晡都無睡目
(3) 佢睡尽晝

(　) 5 請問「落水毛仔」係麼个意思？
(1) 落一息仔水 (2) 落尽大水 (3) 做大水

6 根據對話,請講看啊,做麼个宇泰該暗哺毋想摎政安共下在河壩脣露營?

7 你放寮个時節,較中意自家一儕人,還係摎朋友共下?請分享你个想法。

參考句型:放寮个時節,𠊎較中意_____,因為……

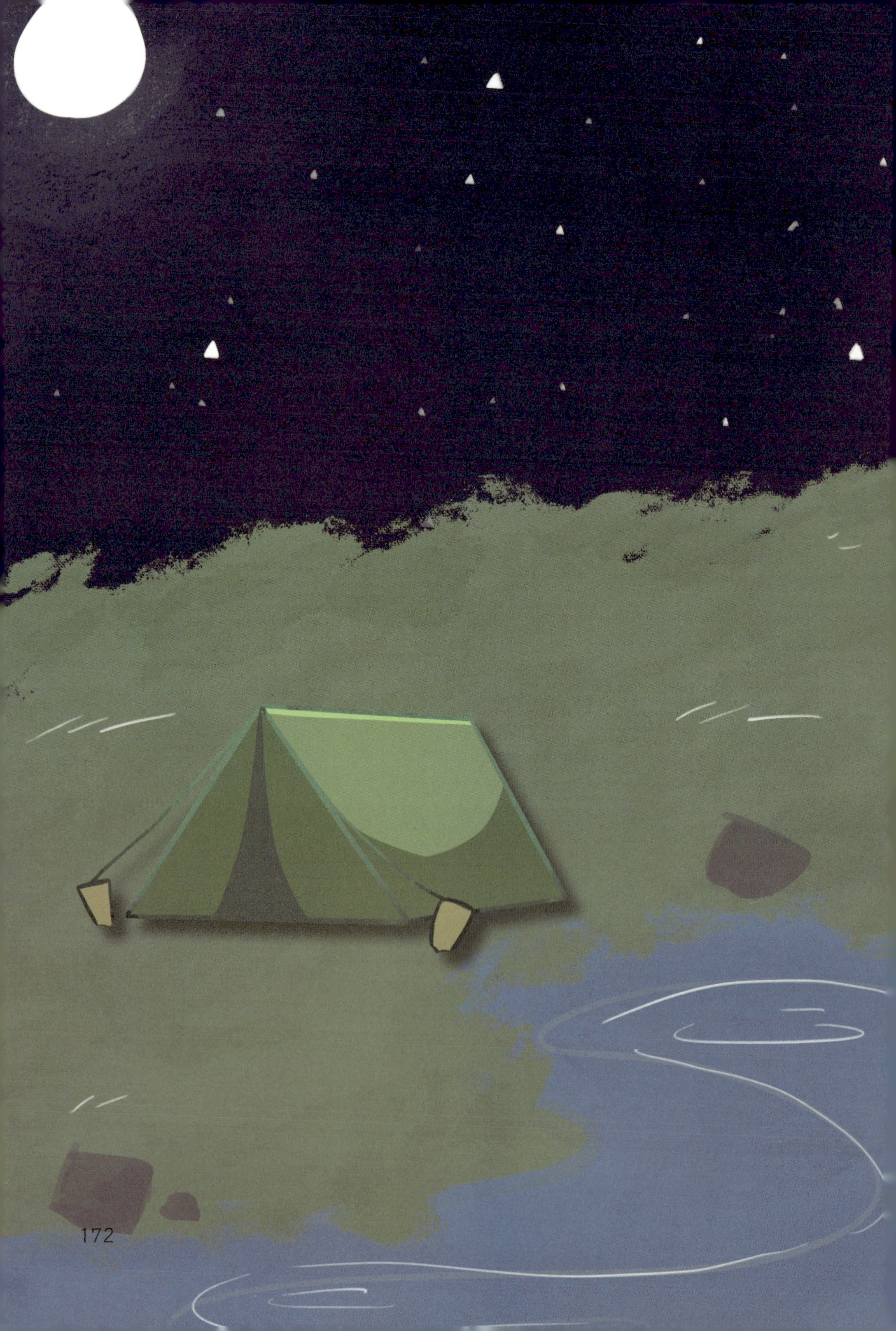

第十二課
ti˖ shib` ngi˖ koˇ

來去姐婆屋下寮
loi hiˇ ziaˊ po vug ha` liau˖

作者：張舒晴

避暑咧，若桐邀請政安、文希還過宇泰去姐婆屋下河
pid chu´ le` rhog` tung rhau´ ciang´ zhinˇ on` vug haˋ ho
寮，大家共下在莊下个壩脣搞水。
liau⁺ tai⁺ ga` kiung⁺ haˇ diˇ zong` ha⁺ gaiˇ baˇ shun gau´ shui´

若桐： 𠊎當好摎屋下人來這位露營，因為聽得著蛙仔聲摎鳥仔嘰嘰啾啾个聲。
ngai dong` hau´ lau´ vug haˋ ngin loi lia´ vui⁺ luˇ rhang rhin` vui⁺ tang´ ded do´ guai´ er shang` lau´ diau` er zi zi ziu ziu gai` shang`

政安： 係啊，河壩水當鮮，敢愛共下來捉魚仔？
heˇ a⁺ ho baˋ shui´ dong` sien gam´ oi` kiung⁺ ha⁺ loi zug ng er

搞：玩耍。
gau´
蛙仔：青蛙。
guai´ er
鮮：指河水清澈。
sien

「V得著」拼音標注 V ded do´，口語通常說 V e` do´

文希：好啊！毋過這位蚊仔當多，已得人惱。
ho´ a⁺ m goˇ lia´ vui⁺ mun` er dong` do`
i` ded ngin nau`

宇泰：𠊎還有看著當大隻个弄毛蟲，還得人驚。
ngai han rhiu` konˇ do´ dong` tai⁺ zhag gai` nung` mo`
chung han ded ngin giang`

若桐：𠊎有帶防蚊液，做得分大家用哦！
ngai rhiu` dai` fong mun` rhid zo` ded bun` tai⁺
ga` rhung⁺ o`

政安：𠊎該下在附近有看著糖蜂仔摎蛇哥，大家乜愛細義哦！
ngai gai ha⁺ di` fu` kiun⁺ rhiu` kon` do´ tong pung`
er lau` sha go` tai⁺ ga` me` oi` se` ngi⁺
o`

得人惱：討人厭。
ded ngin nau`

弄毛蟲：毛毛蟲。
nung` mo` chung

糖蜂仔：蜜蜂的一種。
tong pung` er

蛇哥：蛇。
sha go`

臨暗仔，大家轉到若桐个
lim amˇ er　　tai⁺ gaˋ zhonˊ doˇ rhogˋ tung gaiˇ
姐婆屋下食夜。
ziaˊ po vug haˋ shidˋ rha⁺

若桐：阿婆有煮夜請大家食！有煎雞卵、炒青菜摎客家炒肉，還有排骨炆菜頭。
a⁺ po rhiuˋ zhuˋ rha⁺ ciangˊ tai⁺ gaˋ shidˋ rhiuˋ
zienˋ gaiˋ lonˋ cauˊ ciangˊ coiˇ lau hag gaˋ cauˊ
ngiug　　han rhiuˋ pai gud vun coiˇ teu

宇泰：承蒙，分阿婆請實在還敗勢哦！
shin mung bunˋ a⁺ po ciangˊ shidˋ cai⁺ han pai⁺
sheˇ oˊ

若桐：「枵鬼假細義。」看你口涎水潑潑跌咧！大家遽遽來食飯哦！
iauˋ guiˊ gaˊ seˇ ngi⁺ konˇ ngi heuˋ
lanˋ shuiˋ dabˋ dabˋ died leˋ tai⁺ gaˋ giag giag
loi shidˋ pon⁺ oˊ

臨暗仔：傍晚。
lim amˇ er
煮夜：煮晚餐。
zhuˋ rha⁺
雞卵：雞蛋。
gaiˋ lonˋ
炆：長時間燜煮。
vun

諺客料理

枵鬼假細義
iauˋ guiˊ gaˊ seˇ ngi⁺
假客氣，心裡很想但又不好意思表露。

食 飽 過 後 。
shid` bau´ go˘ heu⁺

文希： 𠊎 看 著 菜 園 肚 有 種 地 豆 、
ngai kon´ do´ coi˘ rhan du´ rhiu` zhung˘ ti⁺ teu⁺
包 粟 、 茄 仔 摎 當 多 果 子 ，
bau` siug kio er lau˘ dong` do´ go˘ zii´
敢 係 若 婆 種 个 ？
gam´ he˘ ngia po zhung˘ gai˘

若桐： 係 啊 ！ 阿 婆 逐 朝 晨 都 會 去
he˘ a⁺ a⁺ po dag zhau` shin du⁺ voi⁺ hi˘
菜 園 做 事 。
coi˘ rhan zo˘ she⁺

肚：裡面。
du´

地　豆：花生。
ti⁺ teu⁺

包　粟：玉米。
bau` siug

茄　仔：茄子。
kio er

果　子：水果。
go˘ zii´

做　事：工作，此處指從事農耕。
zo˘ she⁺

姐　婆　對　灶　下　拿　等　水　果　行　出
ziaˊ　po　duiˇ　zoˇ　haˋ　naˋ　denˊ　shuiˊ　goˊ　hang　chud
來　。
loi

阿婆

「蝦　公　腳　，敬　人　意　。」這
ha　gungˋ　giog　ginˇ　ngin　rhiˇ　liaˊ
兜　水　果　分　你　兜　帶　轉　去　。
deuˋ　shuiˊ　goˊ　bunˋ　ngi　deuˋ　daiˇ　zhonˊ　hiˇ

宇泰

阿　婆　仰　恁　細　義　！恁　樣　偃　兜
a+　po　ngiongˊ　anˊ　seˇ　ngi+　an　ngiong　ngai　deuˋ
定　著　會　輒　常　來　尋　你　尞　。
tin+　chogˋ　voi+　ziabˋ　shong　loi　cim　ngi　liau+

政安

尞　哩　歸　日　，一　下　仔　就　斷　烏
liau+　leˊ　guiˋ　ngid　rhid　ha+　er　ciu+　tonˋ　vuˋ
，差　毋　多　愛　轉　屋　咧　。
caˋ　m　doˋ　oiˇ　zhonˊ　vug　leˋ

諺客料理

蝦　公　腳　，敬　人　意
ha　gungˋ giog　ginˇ　ngin rhiˇ
禮輕情意重。

細　義：客氣。
seˇ　ngi+
斷　烏：天黑。
tonˋ　vuˋ

阿婆：今晡日大家來𠊎个屋下尞，𠊎當歡喜，下二擺還愛來哦！
gim` bu` ngid tai⁺ ga` loi ngai gai˘ vug ha` liau⁺ , ngai dong` fon` hi` , ha⁺ ngi⁺ bai` han oi˘ loi o´

政安　文希 　宇泰：好啊！承蒙阿婆，正來尞！
ho´ a⁺ shin mung a⁺ po , zhang˘ loi liau⁺

句型練習

1 ……敢……？

例：河壩水當鮮，<u>敢</u>愛共下來捉魚仔？

_____

2 ……乜……

例：這附近有糖蜂仔摎蛇哥，大家<u>乜</u>愛細義哦！

_____

試題練習

(　) 1 根據對話，請問四個人在河壩無做麼个？
　　(1) 捉魚仔 (2) 搞水 (3) 露營

(　　) 2 根據對話，請問阿婆屋下有麼个？

(1) 蜂糖 (2) 包粟 (3) 蝦公

(　　) 3 「灶下有一隻盡大隻个蜞蚜仔，大家都毋敢過去。」請問這代表蜞蚜仔對大家來講毋係仰般？

(1) 得人惱　　(2) 得人驚　　(3) 得人惜

(　　) 4 「＿＿＿＿个時節，正看得著天頂个星仔」，請問下背哪隻詞彙放入＿＿＿＿肚最適當？

(1) 斷烏 (2) 當畫頭 (3) 臨暗仔

(　　) 5 請問下背哪隻諺語个意思摎「蝦公腳，敬人意」共樣？

(1) 禮輕情意重
(2) 人勤地獻寶，人懶地生草
(3) 一頭核雞兩頭啼

6 根據對話，請講看啊，阿婆个菜園種咧哪兜東西？

7 文章肚个宇泰，試著大隻个虐毛蟲還得人驚，請問你還試著麼个東西共樣得人驚？
請分享你个想法。

參考句型：厓試著_____共樣得人驚，因為……

第十三課
ti⁺ shib` sam` ko˘

共下去早八
kiung⁺ ha⁺ hi⁺ zo´ bad

作者：劉宥希

朝晨八點,有兜學生仔企
zhau` shin bad diam´ rhiu` deu` hog sang` er ki`
在外背想,手拿等油紙袋
di ngo+ boi siong´ shiu´ na` den´ rhiu zhi´ toi+
仔,想食朝。先生過來以前
er siong´ shid` zhau´ sin` sang` go` rhi` cien
遽遽睡目 愛 也 有 人 在 在 桌
giag giag shoi+ mug oi´ me` ngin di` di` zog
項睡目,日頭相牽,背地泥
hong+ shoi+ mug ngid teu siong` kien` di` ti+ nai
項,葉仔互相去、背天
hong+ rhab` er fu` siong` hi` den´ cai+ tien`
頂高摎來來去去手等書
dang´ go` lau` loi loi hi` shiu´ ba den´ shu`
包个學生仔撼。
bau` gai` hog` sang` er rhag`

企：站。
ki`

項：此處指裡面。
hong+

油紙袋仔：塑膠袋。
rhiu zhi´ toi+ er

伏：趴。
pug`

若桐：
修(siu`)當(dong`)當(dong`)，必(bid)就(ciu+)早(zo`)，還(han`)鬥(rhiu`)打(da`)毋(m)睡(shoi+)飽(bu`)骨(gud)裡(di`)肚(du`)。又(rhiu+)期(ki)八(bad)點(diam`)試(chi`)著(do`)在(di`)被(pi)骨(gud)裡(di`)肚(du`)。學(hog`)晨(shin`)都(du+)試(chi`)著(do`)在(di`)被(pi)這(lia`)朝(zhau`)，著(do`)园(kong`)想(siong`)愛(oi`)园(kong`)，無(mo`)課(ko`)難(nan`)吭(hong`)想(siong`)

文希：
大(tai+)落(log`)頭(teu`)仔(er`)遮(zha`)日(ngid)，到(do`)毋(m)睡(shoi+)出(chud)日(ngid)，落(log`)就(ciu+)放(biong`)一(rhid)支(gi`)遮(zha`)仔(er`)，就(ciu+)驚(giang`)驚(giang`)一(rhid)萬(van+)，水(shui`)仔(er`)息(sid)哺(bu`)今(gim`)哺(bu`)日(ngid)還(han`)係(he`)毋(m)驚(giang`)一(rhid)萬(van+)，暗(am`)哺(bu`)一(rhid)息(sid)得(ded)，還(han`)係(he`)毋(m)驚(giang`)一(rhid)萬(van+)。昨(co`)差(ca`)好(ho`)過(go`)，毋(m)過(go`)捱(ngai`)還(han`)，啊(a+)，捱(ngai`)咧(le`)，毋(m)過(go`)書(shu)包(bau`)。係(he`)聲(shang`)覺(gau`)，在(di`)萬(van+)一(rhid)。

若桐：
阿(a+)姆(me`)哀(oi`)！聽(tang`)你(ngi`)恁(an`)樣(ngiong`)講(gong`)，捱(ngai`)正(zhang`)想(siong`)著(do`)無(mo`)帶(dai`)著(do`)遮(zha`)仔(er`)。

罅(la+)：足夠。
园(kong`)：藏匿。

諺客料理
毋驚一萬，就驚萬一
m giang` rhid van+　ciu+ giang` van+ rhid
事前做好防範，以免意外發生。

若桐： 係講等一下落水，敢做得
　　　　 heˇ gongˋ denˋ rhid ha⁺ logˋ shuiˋ gamˋ zoˇ ded
　　　　 摎你共下擎一支遮仔？
　　　　 lauˋ ngi kiung⁺ ha⁺ kia rhid giˋ zhaˋ er

文希： 偲俚係好朋友，毋使講恁多！
　　　　 enˋ li heˇ hoˊ pen rhiuˊ m siiˋ gongˋ anˋ doˋ
　　　　 遽遽來去上課，無就會慢到咧。
　　　　 giag giag loi hiˋ shongˋ ko mo ciu⁺ voi⁺ man⁺ doˇ leˋ

若桐： 好，書包擐恁久乜當重呢
　　　　 hoˊ shuˋ bauˋ kuan⁺ anˋ giuˋ meˇ dongˋ chungˋ neˋ

文希： 你行路愛較細義兜仔！莫跙倒，
　　　　 ngi hang lu⁺ oiˇ haˋ seˇ ngi⁺ deuˋ er mog doiˋ doˇ
　　　　 抑係分自行車撞著啦！
　　　　 rha⁺ heˇ bunˋ cii⁺ hang chaˋ cong⁺ do laˋ

擎：舉；拿（傘、筆）。
kia

擐：提。
kuan⁺

行路：走路。
hang lu⁺

跙倒：跌倒。
doiˋ doˇ

大約過了十分鐘，兩儕人
tai⁺ rhog go˘ le` shib` fun` zhung liong´ sa ngin
落去教室，正尋著位仔坐
log` hi˘ gau˘ shid zhang˘ cim do´ vui⁺ er co`
好勢，先生就開始上課咧
ho´ she` sin` sang ciu⁺ koi shi´ shong` ko˘ le`
，講無半節課，若桐就頭
gong´ mo ban˘ zied ko˘ rhog` tung ciu⁺ teu
那緊點，像愛睡恁个樣仔
na gin´ diam´ ciong˘ oi˘ shoi⁺ ted gai˘ rhong⁺ er
，坐在旁脣个文希就輕輕
co` di˘ pong shun gai˘ vun hi˘ ciu⁺ kiang` kiang`
挷佢一下，細聲喊……
sung´ gi rhid ha⁺ se˘ shang` hem`

阿桐、阿桐！看你都愛發
a⁺ tung a⁺ tung kon˘ ngi du⁺ oi˘ bod
夢去見周公咧，係講你想
mung⁺ hi˘ gien˘ zhiu` gung le` he˘ gong´ ngi siong´
愛睡目，做得啉水。
oi˘ shoi⁺ mug zo´ ded lim` shui´

文希

落去：進去。
log` hi˘
尋：尋找。
cim
挷：推。
sung´
係講：假使、如果。
he˘ gong´
啉：喝。
lim`

187

文希：啘！𠊎有帶糖仔來，除ted咗葡萄味个，
a⁺ ngai rhiu` dai` tong er loi chu to mui⁺ gai`
還有柑仔味，你自家擇。
han rhiu` gam` er mui⁺ ngi cid ga` tog`

若桐：細人仔正做選擇，𠊎全都當
se⁺ ngin er zhang` zo` sien´ ced` ngai cion du⁺ dong`
愛！餳人！這兜糖仔鼻起來都當
oi` ngin sia ngin lia` deu tong er pi⁺ hi´ loi du⁺ dong`

若桐：等下課𠊎正來去張水，毋
den` ha` ko` ngai zhang` loi hi` zhong` shui´ m
過你該下搣一下，魂乜險險
go` ngi gai ha⁺ sung` rhid ha⁺ fun me` hiam´ hiam´
𠊎歸隻人醒咧。分你嚇走。
ngai gui zhag ngin siang` le bun` ngi hag zeu`

擇：挑選、選擇。
tog`

鼻：聞、嗅。
pi⁺

餳：吸引。
sia

張：盛裝。
zhong

文希： 看你在該講笑，還恁有精神！分你柑仔味个，下課𠊎正摎你去張水。
kon` ngi di` gai gong` siau` han an` rhiu` zin` shin bun` ngi gam` er mui⁺ gai` ha` ko` ngai zhang` lau` ngi hi` zhong` shui`

若桐： 承蒙！都講「食人一口，還人一斗。」下二擺正分你一袋餅仔。
shin mung du⁺ gong` shid` ngin rhid heu` van ngin rhid deu` ha⁺ ngi⁺ bai` zhang` bun` ngi rhid toi⁺ biang` er

諺客料理

食人一口，還人一斗
shid` ngin rhid heu`　van ngin rhid deu`
受人恩惠時要感恩圖報，並加倍奉還。

句型練習

1. ……敢做得……？

例： 係講等一下落水,
敢做得摎你共下擎一支遮仔？

2. ……正……就……

例：佢正尋著位仔坐好勢,先生就開始上課咧。

試題練習

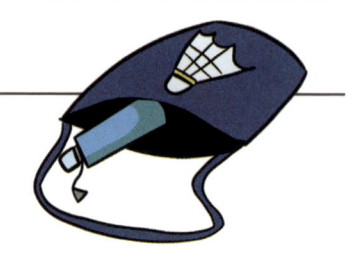

( ) 1　根據對話,請問若桐包尾有哪種味緒个糖仔做得食？

(1) 葡萄　(2) 柑仔　(3) 兩種都有

( ) 2 根據對話，請問若桐做麼个想愛囥在被骨裡肚，毋想䟘床？

(1) 反躁 (2) 恁早上課 (3) 毋想上課

( ) 3 根據對話，請問若桐無用哪種方式分自家較有精神？

(1) 啉水 (2) 食東西 (3) 搒人

( ) 4 根據對話，請問文希做麼个愛放遮仔在書包裡肚？

(1) 今晡日落水 (2) 昨晡日落水 (3) 暗晡夜會落水

( ) 5 「阿明在路項無細義 ___ ，所以膝頭著傷咧。」
請問 ___ 裡肚做毋得放下背哪隻詞彙？

(1) 跌倒 (2) 橫倒 (3) 顛倒

( ) 6 「阿明駛車仔 ___ 在路項 ___ 个人。」
請問 ___ 裡肚愛放哪隻詞彙最適當？

(1) 撞著、橫倒 (2) 橫倒、顛倒 (3) 顛倒、撞著

191

7 請問你有上課啄目睡个經驗無，你係用哪種方式分自家較有精神呢？係講無，就摎大家分享一下暗哺頭愛仰般做正會較好睡？

8 根據對話，請問文希做了麼个正會「毋驚一萬，就驚萬一」？

第十四課
ti⁺ shibˋ siˋ koˇ

來去食晝
loi hiˇ shidˋ zhiuˇ

作者：游景雯

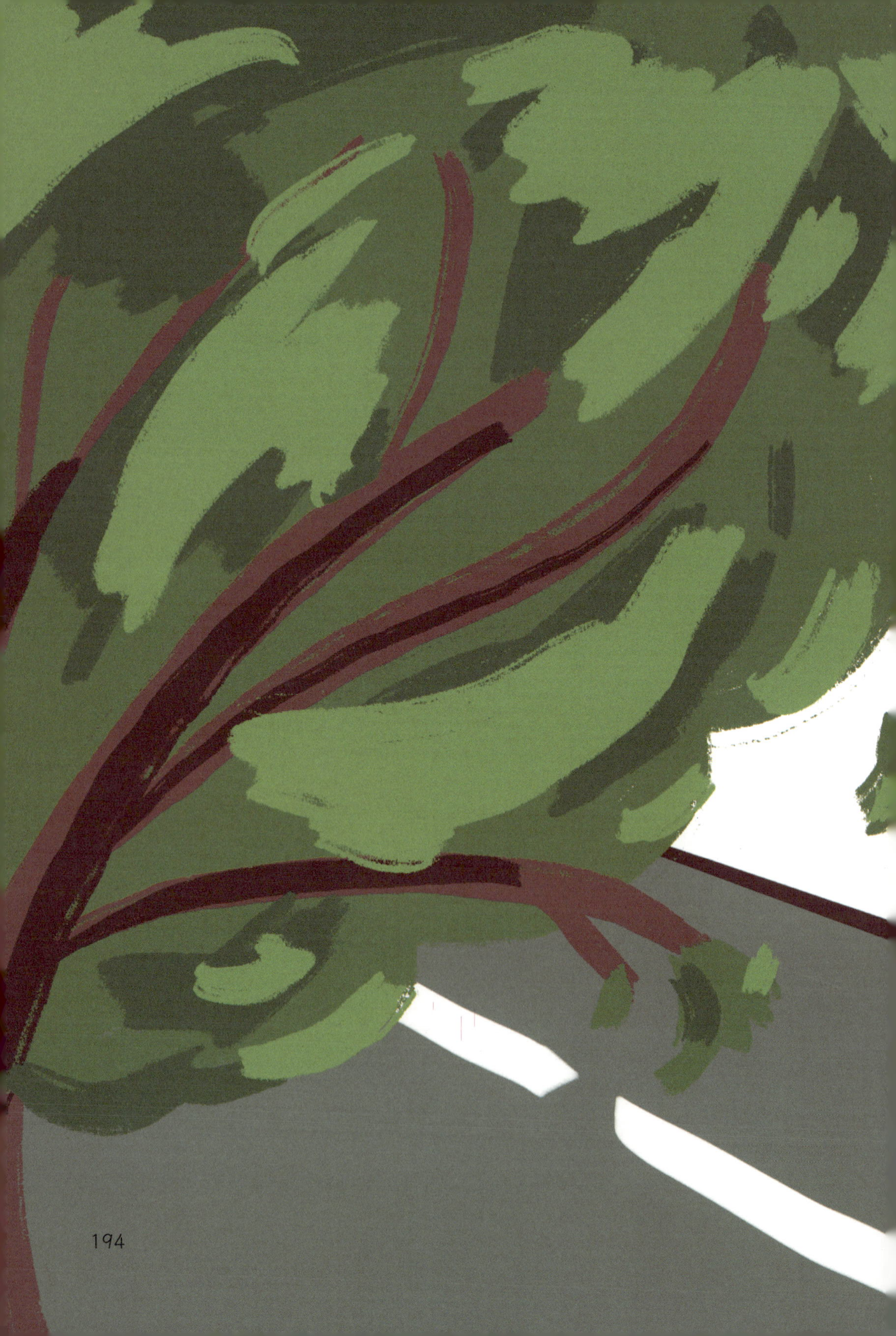

噹(dang)噹(dang)噹(dang)噹(dang)，來(loi)到(do˘)下(ha`)個(gai˘)行(hang)

噹(dang)又(rhiu⁺)當(dong`)課(ko`)政(zhin`)出(chud)

噹(dang)到(do˘)鬧(nau⁺)個(gai˘)安(on`)來(loi)

噹(dang)咧(le`)熱(ngied)學(hog`)摎(lau`)。

，食(shid`)個(gai˘)路(lu⁺)生(sang)文(vun)

下(ha`)晝(zhiu˘)項(hong⁺)，仔(er)希(hi`)

課(ko`)個(gai⁺)，滿(man`)也(rha⁺)

鐘(zhung`)時(shi)一(rhid)哪(nai⁺)對(dui`)

聲(shang`)節(zied)下(ha⁺)仔(er)汗(hon⁺)

響(hiong´)，都(du⁺)流(liu)體(ti`)

了(le`)原(ngien)變(bien`)係(he˘)脈(mag)育(rhug˘)

正(zhang˘)落(log`)館(gon´)

政安

毋(m)愲(en`)這(lia´)下(ha⁺)，𠊎(ngai)還(han)嘴(zhoi)燥(zau`)呢(no´)？

正(zhang˘)練(lien⁺)忒(ted)羽(rhi´)毛(mo˘)球(kiu)，

單(dan`)淨(ciang⁺)肚(du´)屎(shi´)枵(iau`)又(rhiu⁺)𠊎(ngai)俚(li)愛(oi˘)去(hi´)食(shid`)麼(ma´)個(gai˘)

恬靜：安靜。
diam` cin⁺

滿哪仔：到處。
man` nai⁺ er

對：從。
dui`

肚屎枵：肚子餓。
du´ shi´ iau`

嘴燥：口渴。
zhoi zau`

文希: 儘採啊！都做得。
cin´ cai´ a⁺ du⁺ zo´ ded

政安: 無就來去食火鑊。
mo ciu⁺ loi hi´ shid` fo´ vog`

文希: 無愛啦！熱到緊出汗，還食恁燒个東西，𠊎食毋落去啦。
mo oi´ la´ ngied do´ gin´ chud hon⁺ han shid` an´ shau´ gai` dung´ si ngai shid` m log` hi´ la´

政安: 抑係食越南料理，有涼个麵線，酸酸辣辣个味緒，想著這口涎水就落落跌。
rha⁺ he´ shid` rhad` nam liau⁺ li´ rhiu´ liong gai´ mien⁺ sien´ son` son` lad` lad` gai´ mui⁺ si´ siong´ do´ lia´ heu´ lan shui´ ciu⁺ dab` dab` died

文希: 但係𠊎毋敢食辣个，當敗勢。
tan⁺ he´ ngai m gam´ shid` lad` gai´ dong` pai⁺ she´

儘採：隨便、隨意。
cin´ cai´

火鑊：火鍋。
fo´ vog`

政安：𠊎想著咧！去食客家料理。豬腸炒薑絲、筍乾封肉這兜都已好食。
ngai siong´ do` le` hi` shid` hag ga` liau⁺ li`
zhu` chong cau´ giong` si sun´ gon` fung` ngiug
lia´ deu` du⁺ i´ ho´ shid`

文希：正經呢！脆脆个豬腸炒薑絲當**扯飯**、筍乾封肉又香又肥，毋過𠊎昨晡日正食過**定定**。
zhin` gin` ne` ce` ce` gai` zhu` chong cau´ giong`
si` dong` cha´ pon⁺ sun´ gon` fung` ngiug rhiu⁺ hiong`
rhiu⁺ pui m go` ngai co` bu` ngid zhang` shid`
go` tin⁺ tin⁺

政安：恁**堵好**哦，該你看食斜對面个咖哩做得無？
an´ du´ ho´ o´ gai ngi kon` shid` cia dui`
mien` gai` ga´ li zo` ded mo

扯飯：下飯。
cha´ pon⁺

定定：而已。
tin⁺ tin⁺

堵好：剛好。
du´ ho´

197

文希：雖(sui`)然(rhan)𠊎(ngai)乜(me`)當(dong`)想(siong`)愛(oi`)食(shid`)，毋(m)過(go`)𠊎(ngai)有(rhiu`)戴(dai`)牙(nga)套(to`)，所(so`)以(rhi`)食(shid`)忒(ted)以(rhi`)後(heu+)就(ciu+)會(voi+)變(bien`)黃(vong)色(sed)个(gai`)，䆀(zhe´)到(do`)當(dong`)見(gien`)笑(siau`)。

政安：你(ngi)仰(ngiong`)恁(an´)衰(coi`)過(go`)呢(no´)！𠊎(ngai)看(kon`)啊(a+)，食(shid`)自(cii+)助(cu+)餐(con`)好(ho´)咧(le`)，就(ciu+)做(zo´)得(ded)食(shid`)自(cid)家(ga`)想(siong´)愛(oi`)食(shid`)个(gai`)東(dung`)西(si`)。

文希：好(ho´)啊(a+)！你(ngi)頭(teu)先(sen`)毋(m)係(he+)講(gong`)你(ngi)嘴(zhoi`)燥(zau`)？無(mo)就(ciu+)先(sen`)去(hi`)便(pien+)利(li+)商(shong`)店(diam`)買(mai`)涼(liong)水(shui´)。

䆀(zhe´)：醜。
頭先(teu sen`)：剛才。
無(mo)：否則、不然。

兩 個 人 來 到 便 利 商 店 。
liong´ gai` ngin loi do` pien⁺ li⁺ shong` diam`

文希：阿姆哀！逐擺到食飯時間，歸間店仔就尖到無法度停動。
a⁺ me` oi` dag bai´ do` shid pon⁺ shi gien` gui` gien` diam` er ciu⁺ ziam´ do` mo fab tu⁺ tin` tung`

政安：係啊，大家愛赴著下節課，輒常都會來便利商店較利便。
he` a⁺ tai⁺ ga` oi` fu` do´ ha⁺ zied ko` ziab shong du⁺ voi⁺ loi pien⁺ li⁺ shong` diam` ha` li⁺ pien⁺

文希：你看這新出个果汁，你有食過無，敢好食？
ngi kon` lia´ sin` chud gai` go´ zhib ngi rhiu` shid go` mo gam´ ho´ shid`

尖：擁擠。
ziam´

停 動：動。
tin` tung`

利 便：方便。
li⁺ pien⁺

政安：老實摎你講，食起來當鮮，淡到摎水共樣。
lo´ shid` lau` ngi gong´　shid` hi´ loi dong` sien`
tam` do˘ lau` shui´ kiung⁺ rhong⁺

文希：結果還係有恁多人買，還奇怪。
gied go´ han he˘ rhiu` an´ do` ngin mai` han ki guai˘

鮮：濃度較低、較稀。
sien`

政安：係無，食無甜个青草茶好咧，又涼又康健。
he` mo shid` mo tiam gai` ciang` co` ca ho´ le` rhiu+ liong rhiu+ kong` kien+

文希：「伯公翻崩崗！」𠊎俚買好遽遽來去食自助餐。
bag gung` fan` ben` gong` en` li mai` ho´ giag giag loi hi` shid` cii+ cu+ con`

諺客料理

伯公翻崩崗 —— 碾神
bag gung`fan`ben`gong` zan` shin

崩崗指懸崖峭壁，土地公從上滾下來稱「碾神」，與客語「贊成」同音。

句型練習

1. ……抑係……

例：你合意食越南料理抑係客家料理？

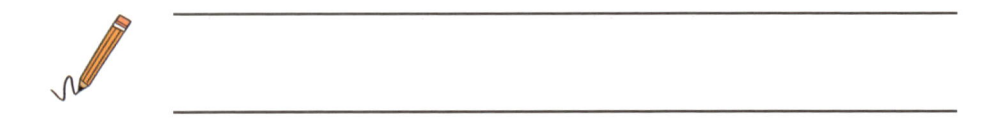

2. ……做得無？

例：你看食斜對面个咖哩做得無？

試題練習

(　) 1　請問去外背食火鑊較毋會用著麼个東西？
(1) 箸 (2) 電鑊 (3) 湯匙

( ) 2 根據對話，請問政安做麼个最尾會提出愛去食自助餐呢？

(1) 正赴得著上下節課

(2) 有當多菜色做得擇

(3) 餐廳个菜色當扯飯

( ) 3 根據對話，請問下背哪隻毋係路項當多學生仔个原因？

(1) 學校舉辦體育比賽

(2) 學生仔堵好都下課咧

(3) 學生仔肚屎枵哩

( ) 4 下背哪隻詞彙个「尖」，摎文章裡肚「尖到無法度停動」个「尖」意思盡接近？

(1) 牙尖齒利 (2) 手尖腳幼 (3) 尖車

( ) 5 請問文希拒絕政安个建議幾多擺？

(1) 兩擺 (2) 三擺 (3) 四擺

6 根據對話,請講看啊,文希無想愛去食哪兜東西？
佢無愛个理由係麼个？

句型參考運用：因為……所以……

7 請問你當畫想愛食麼个,請你講看啊該料理有哪兜餳人个所在（食起來、看起來、鼻起來……）？

8 係講你愛摎同學紹介一項客家料理,你會仰般講呢？

第十五課
ti⁺ shib` ng´ koˇ

準備期中考
zhun´ pi⁺ ki zhung` kau´

作者：鄭焄妤

若桐：宇泰（rhi˙ tai˙），你（ngi）暗哺頭（am˙ bu teu）都會做兜麼个（du⁺ voi zo˙ deu ma˙ gai˙）？

宇泰：𠊎逐擺寫忒功課以後（ngai dag bai˙ sia˙ ted gung` ko rhi˙ heu⁺），輒輒會去學校對面个書店看書（ziab ziab voi⁺ hi˙ hog gau dui˙ mien gai˙ shu` diam˙ kon shu`）。

若桐：頭擺書店盡時行（teu bai˙ shu` diam˙ cin⁺ shi hang），這下嗄緊來緊少（lia˙ ha⁺ sa˙ gin˙ loi gin˙ shau˙），當多人都改看電子書咧（dong` do` ngin du⁺ goi˙ kon tien⁺ zii˙ shu` le`）。

頭　擺（teu bai˙）：以前。
時　行（shi hang）：流行。
緊（gin˙）：越……。

宇泰：係啊，毋過最近愛準備期中考，有較少去。
heˇ a⁺ m goˇ zuiˇ kiun⁺ oiˇ zhunˋ pi⁺ ki zhungˋ kauˋ rhiuˋ ha⁺ shauˋ hiˇ

若桐：原來係恁樣，等期中考結束，做得渡𠊎去你長透逛个書店無？
ngien loi heˇ an ngiong denˋ ki zhungˋ kauˋ gied sug zoˇ ded tu⁺ ngai hiˇ ngi chong teuˇ ong gaiˇ shuˋ diamˋ mo

宇泰：無問題，下二擺順續帶你去。
mo munˇ ti ha⁺ ngi⁺ baiˋ shun⁺ saˇ daiˋ ngi hiˇ

渡：帶。
tu⁺

長 透：常常。
chong teuˇ

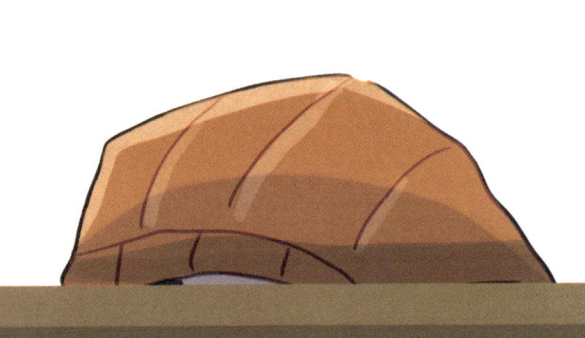

若桐：著咧！講著期中考，你後日个「社會學」準備到仰般咧？
chog` le` gong´ do´ ki zhung kau´ ngi heu+ ngid gai` sha+ fui+ hog` zhun´ pi+ do` ngiong´ ban` le`

宇泰：𠊎還吂讀煞，愛仰結煞呢？先生講課本个內容通棚會考，實在得人驚！
ngai han mang tug` sod oi` ngiong´ gad sad no´ sin` sang` gong´ ko` bun` gai` nui` rhung tung` pang voi+ kau´ shid` cai+ ded ngin giang`

煞：結束。
sod

仰 結 煞：怎麼辦、如何是好。
ngiong´ gad sad

通 棚：全部。
tung` pang

若桐：係(he ˇ)啊(a⁺)！應(rhin ˇ)該(goi ˇ)愛(oi ˇ)尋(cim)學(hog`)長(zhong ˇ)姊(zi ˇ)請(ciang ˇ)教(gau`)準(zhun ˇ)備(pi⁺)个(gai ˇ)要(rhau ˇ)領(liang ˇ)咧(le`)，佢(gi)兜(deu ˇ)定(tin⁺)著(chog`)有(rhiu ˇ)辦(pan⁺)法(fab)。

宇泰：無(mo)毋(m)著(chog`)，上(shong⁺)擺(bai ˇ)个(gai ˇ)基(gi)礎(cu ˇ)客(hag)語(ngi`)考(kau ˇ)試(shi ˇ)，好(ho ˇ)得(ded)𠊎(ngai)有(rhiu ˇ)問(mun ˇ)二(ngi⁺)年(ngien)生(sen`)个(gai ˇ)學(hog`)姊(zi ˇ)，佢(gi)分(bun)𠊎(ngai)考(kau ˇ)古(gu ˇ)題(ti)來(loi)參(cam ˇ)考(kau ˇ)，最(zui ˇ)尾(mui`)就(ciu⁺)順(shun⁺)利(li⁺)通(tung ˇ)過(go ˇ)咧(le`)。

上擺(shong⁺ bai ˇ)：上次。

若桐：母過，「靠山山倒，靠人人老，靠自家最好。」下擺厓定著愛較煞猛兜。
m go`, 「ko` san` san` do`, ko` ngin ngin lo`, ko` cid ga` zui` ho`。」ha+ bai` ngai tin+ chog` oi` ha` sad mang` deu`。

宇泰：逐擺就恁樣講，你哪量時有做過？
dag bai` ciu+ an ngiong gong`, ngi nai+ liong` shi rhiu` zo` go`?

若桐：厓黏時就去讀書！
ngai ngiam shi ciu+ hi` tug` shu`!

宇泰：你根本就係「屎出正來挖糞窖。」
ngi gin` bun` ciu+ he` 「shi` chud zhang` loi ved bun` gau`。」

哪量時：何時。
nai+ liong` shi

黏時：馬上、立刻。
ngiam shi

諺客料理

靠山山倒，靠人人老，靠自家最好
ko` san` san` do`, ko` ngin ngin lo`, ko` cid ga` zui` ho`
與其靠別人不如靠自己。

屎出正來挖糞窖
shi` chud zhang` loi ved bun` gau`
臨時抱佛腳。

若桐：𠊎看𠊎這下正經係「老公撥扇——淒涼」。
ngai kon´ ngai lia` ha⁺ zhin´ gin` he² lo´ gung` pad shan´ ci` liong

宇泰：像期中考恁重要个考試，平常時就愛定定仔準備，正毋會來毋掣。
ciong` ki zhung` kau´ an´ chung⁺ rhau² gai` kau´ shi´ pin shong shi ciu⁺ oi` tin⁺ tin⁺ er zhun´ pi⁺ zhang` m voi⁺ loi m chad

若桐：好啦！𠊎知咧，定著毋會過恁樣咧……
ho´ la` ngai di` le` tin⁺ chog` m voi⁺ go´ an ngiong le`

過：再。
go´

諧客料理

老公撥扇——淒涼
lo´ gung`pad shan´ ci` liong

丈夫搧扇子使妻子涼快，客語中「妻、淒」同音，此用以藉喻人身世悽慘。

211

句型練習

1 ……以後……會……

例：𠊎逐擺寫䀖功課以後，
　　輒輒會去學校對面个書店看書。

_____
_____

2 ……緊……緊……

例：這下書店嘎緊來緊少，當多人都改看電子書咧。

_____
_____

> 「……緊……緊……」
> 也有另一個意思：
> 一邊……一邊……
> ex：佢緊食飯緊看電視。

試題練習

(　) 1　根據對話，請問宇泰摎若桐後日愛做麼个？
　　　(1) 去書店 (2) 考試 (3) 拜啅

( ) 2 根據對話，請問宇泰輒常逛麼个？

(1) 書店 (2) 商店 (3) 菜市場

( ) 3 根據對話，請問若桐係哪種人？

(1) 煞猛打拚 (2) 枒鬼假細義 (3) 臨時揇佛腳

( ) 4 「___ 為著生活打拚，偃戴在都市，___ 偃搬到莊下去歇，除忑做得歇睏，乜做得順續照顧爺哀。」請問下背哪隻句型放入 ___ 肚最適當？

(1) 因為……所以……

(2) 頭擺……這下……

(3) 緊……緊……

5 請問你逐擺都係麽个時節正開始準備期中考？請分享你个經驗。

第十六課
ti⁺ shib` liug ko˘

來去看野球比賽
loi hi˘ kon˘ rha` kiu bi´ soi˘

作者：李秉倫

今 晡 日 係 放 寮 日 ， 若 桐 邀 請 政 安 共 下 去 看 野 球 比 賽
gim` bu` ngid he´ biong` liau⁺ ngid　　rhog` tung rhau
ciang´ zhin` on` kiung⁺ ha⁺ hi` kon` rha kiu bi` soi`

政安
𠊎 當 久 無 來 野 球 場 看 比 賽 咧 ， 當 承 蒙 你 邀 請 𠊎 ！
ngai dong` giu` mo loi rha kiu chong kon` bi` soi`
le` dong` shin mung ngi rhau` ciang´ ngai

若桐
你 仰 恁 客 氣 呢 ， 今 晡 日 个 票 係 𠊎 爺 哀 抽 獎 抽 著 个 ， 本 來 就 毋 使 錢 啦 ！
ngi ngiong´ an´ hag hi` no⁺ gim` bu` ngid gai`
piau` he´ ngai rha oi` chiu` ziong´ chiu` do´ gai`
bun´ loi ciu⁺ m sii` cien la`

政安
原 來 係 恁 樣 啊 ！ 毋 過 ， 你 會 請 𠊎 看 球 ， 係 毋 係 有 事 愛 請 𠊎 摎 你 搒 手 ？
ngien loi he´ an´ ngiong´ a`　m go` ngi
voi⁺ ciang´ ngai kon` kiu he´ m he´ rhiu´ sii⁺
oi` ciang´ ngai lau ngi ten` shiu`

爺　哀：父母。
rha　oi`
搒　手：幫忙。
ten`　shiu`

若桐：招待你看野球比賽，你還恁樣講話，實在係「好心著雷打！」
zhau` tai+ ngi kon` rha kiu bi´ soi` ngi han an ngiong gong´ voi` shid` cai+ he` ho´ sim` chog` lui da´

政安：𠊎撩你講笑个，𠊎兩儕莫冤家哦！
ngai lau ngi gong´ siau` gai` en` liong sa mog` rhan` ga` o´

若桐：𠊎知啦，比賽愛開始咧，𠊎俚遽遽落去。
ngai di` la` bi´ soi` oi` koi` shi´ le` en` li giag giag log` hi`

好恬恬落大水，比賽無法度準時開始。
ho´ diam` diam` log` tai+ shui´ bi´ soi` mo fab tu+ zhun´ shi koi` shi´

諺客料理

好心著雷打
ho´ sim` chog` lui da´
好心沒好報。

講　笑：開玩笑。
gong´ siau`

冤　家：吵架。
rhan` ga`

好 恬 恬：好端端地。
ho´ diam` diam`

217

若桐: 比賽還愛二十分鐘正開始，恩俚先去尋東西食。
bi´ soi` han oi ngi⁺ shib` fun zhung zhang` koi shi´, en` li sen` hi` cim dung` si shid`

政安: 好啊！有麼个好食个呢？摎倨紹介一下。
ho´ a⁺ rhiu ma´ gai` ho´ shid` gai` no⁺ lau` ngai shau` gai` rhid ha⁺

若桐: 聽講有一間店賣客家炒肉，愛去試看啊無？
tang gong´ rhiu` rhid gien` diam` mai⁺ hag ga` cau´ ngiug, oi` hi` chi` kon` a⁺ mo

政安: 無愛，這位敢有賣雞排？
mo oi` lia´ vui⁺ gam´ rhiu` mai⁺ gai` pai

紹 介：介紹。
shau` gai`

這 位：這裡。
lia´ vui⁺

若桐：有，𠊎去買就好，你先摎𠊎看一下東西。
rhiu` ngai hi^ mai` ciu+ ho´ ngi sen` lau` ngai kon^ rhid ha+ dung` si`

政安：無問題，該𠊎個暗餐就拜託你哩喲！
mo mun^ ti gai ngai gai^ am^ con` ciu+ bai` tog ngi lio´

比賽結束，佢兩儕支持个球隊輸忒咧！
bi´ soi^ gied sug gi liong´ sa gi` chi gai^ kiu chui+ shu^ ted le`

政安：唉！今晡日差一息仔就贏咧！
ai^ gim` bu` ngid ca` rhid sid er ciu+ rhang le`

若桐：係啊，兩隊个選手都表現到當好。
he^ a+ liong´ chui+ gai^ sien´ shiu^ du+ biau´ hien+ do´ dong` ho´

政安：除忒表現好，還過兩片个態度乜已好！
chu ted biau´ hien+ ho´ han go^ liong´ pien´ gai^ tai^ tu+ me^ i` ho´

219

若桐： 著！著！著！比賽結束个時節，兩隊還互相扼手，當有運動家精神。

政安： 係啊，在現場看球賽，正經摎看電視差當多呢！

若桐： 無毋著！在現場做得享受無共樣个氣氛，體驗歸場共條心个感覺。

若桐： 政安，你盡中意哪隻部分啊？

扼手：握手。
中意：喜歡。

政安：當然就係在舞臺項跳舞個細阿妹仔撈細阿哥仔，佢兜實在當得人惜哦！
dong` rhan ciu⁺ he ˇ di ˇ vu ˊ toi hong⁺ tiau ˇ vu ˊ gai ˇ se ˇ a⁺ moi ˊ er lau ` se ˇ a⁺ go er gi deu ` shid ` cai⁺ dong ` ded ngin siag o ˊ

若桐：難怪，有時節𠊎喊你都無應，你係毋係都在該看別人跳舞？
nan guai ˇ rhiu ` shi zied ngai hem ` ngi du⁺ mo en ˇ ngi he ˇ m he ˇ du⁺ di ˇ gai kon ˇ ped ` ngin tiau ˇ vu ˊ

細阿妹仔：年紀稍輕的女生。
se ˇ a⁺ moi ˊ er

細阿哥仔：年紀稍輕的男生。
se ˇ a⁺ go er

得人惜：很可愛、討人喜歡。
ded ngin siag

221

政安：人好看靚个事物，本來就
ngin hau˅ kon˅ ziang` gai sii⁺ vud⁺　　bun´ loi ciu⁺
係當自然个事情啊！
he˅ dong` cii⁺ rhan gai sii⁺ cin a⁺

若桐：𠊎無想愛摎你爭咧，忒暗
ngai mo siong´ oi˅ lau` ngi zang` le`　ted am˅
咧，𠊎想愛轉宿舍歇睏。
le`　ngai siong´ oi˅ zhon´ siug sha⁺ hied kun˅

政安：好，該𠊎來喊車仔，㑳俚
ho´　gai ngai loi hem` cha˅ er　en` li
共下坐較省。
kiung⁺ ha⁺ co` ha˅ sang´

句型練習

1 ……還愛……正……

例：比賽還愛二十分鐘正開始，俚先去尋東西食。

2 ……除忒……還過……

例：兩隊个選手除忒表現好，
　　還過兩片个態度乜已好！

試題練習

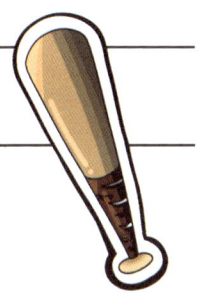

(　) 1　請問野球賽个門票，係若桐个麼人抽獎抽著个？
　　　(1) 阿爸阿姆 (2) 阿公阿婆 (3) 阿伯伯姆

(　) 2　請問今晡日个球賽，政安摎若桐支持个球隊有贏無？

　　(1) 有，贏一息仔

　　(2) 無，輸一息仔

　　(3) 無，落水無法度比賽

(　) 3　根據對話，請問下背哪隻毋係政安做个事情？

　　(1) 買暗餐 (2) 喊車仔 (3) 看人跳舞

(　) 4　「佢無想愛摎你爭咧。」請問這位「爭」个意思，摎下背哪隻詞彙較接近？

　　 (1) 講笑 (2) 冤家 (3) 中意

(　) 5　「這間餐廳 ___ 有賣好食个客家料理， ___ 做得體驗做粢粑，當生趣！」請問下背哪隻句型放入 ___ 肚最適當？

　　(1) 因為……所以……

　　(2) 係無……就……

　　(3) 除忒……還過……

6 根據對話，做麼个若桐會試著「好心著雷打」？

7 請問你看運動比賽个時節，較好去現場看，抑係在屋下看電視轉播？請分享你个理由。

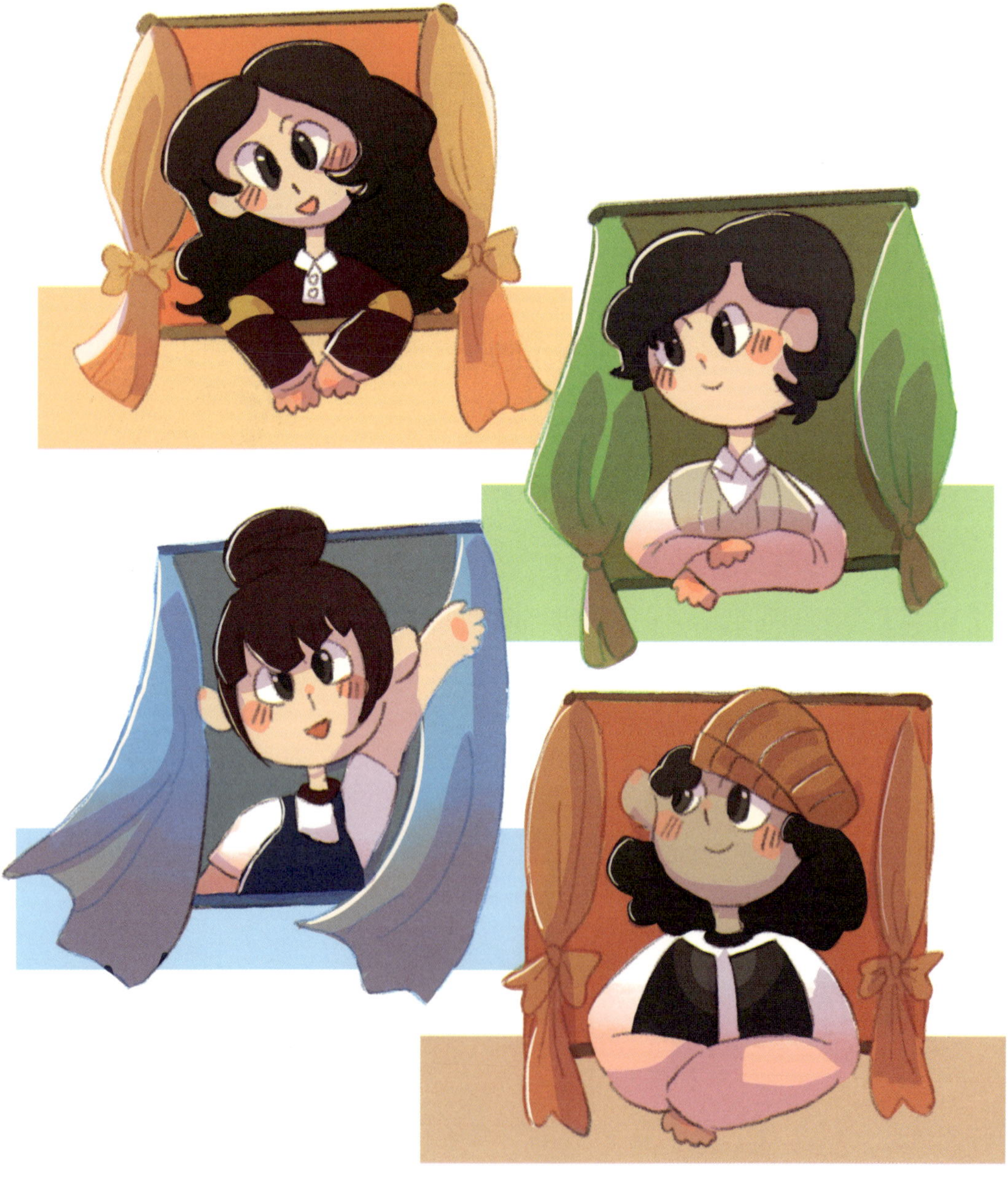

第十七課
ti˖ shib` cid ko˅

政安个放寮日
zhin˅ on` gai˅ biong˅ liau˖ ngid

作者：黃乙軒

阿姆： 政安，好䟘床哩喲！外背个日頭都會擙你个屎朏晒燥咧！
zhinˇ onˋ, hoˊ hong cong lioˊ! ngo⁺ boi gai ngid teu du⁺ voi⁺ lauˋ ngi gaiˇ shi⁺ vud sai zauˋ leˋ

政安： 阿姆，𠊎還無想愛䟘，歸身都懶蝸蝸仔。
a⁺ meˋ, ngai han mo siongˊ oiˇ hongˇ, gui shinˋ du⁺ nanˋ guaiˊ guaiˊ er

阿姆： 你就係「坐久變懶，睡久成病」正會恁樣，遽遽䟘起來食晝。
ngi ciu⁺ heˇ co\` giuˊ bienˇ nanˋ, shoi⁺ giuˊ shin piang⁺ zhangˇ voi⁺ an ngiongˊ, giag giag hongˇ hiˊ loi shid\` zhiuˇ

屎朏：屁股。
shi⁺ vud

懶蝸蝸仔：懶洋洋的樣子。
nanˋ guaiˊ guaiˊ er

諡客料理

坐久變懶，睡久成病
co\` giuˊ bienˇ nanˋ, shoi⁺ giuˊ shin piang⁺

坐太久就會變懶，睡太久就會變成病，指人不要懶惰。

大家都坐好勢，準備愛食飯咧！
tai⁺ ga` du⁺ co` ho´ she˘ zhun´ pi⁺ oi˘ shid` pon⁺ le`

政安：哇！看起來還餳人，害𠊎個口涎水緊吞，肚屎還枵哦。
ua` kon˘ hi` loi´ han sia ngin´ hoi⁺ ngai´ gai˘ heu´ lan` shui´ gin` tun` du´ shi´ han´ iau` o´

阿姆：枵咧就好食咧，毋過愛慢慢仔食，恁樣正毋會屙痢肚哦。
iau` le` ciu⁺ ho´ shid` le` m´ go˘ oi˘ man⁺ man⁺ er` shid` an ngiong´ zhang˘ m´ voi⁺ o` li⁺ du´ o´

政安：𠊎知，發病係盡毋鬆爽个。著咧，食飽晝𠊎想愛摎文希去寫生做得無？
ngai´ di` bod piang⁺ he˘ cin⁺ m´ sung` song´ gai˘ chog` le` shid` bau´ zhiu˘ ngai´ siong` oi˘ lau´ vun´ hi` hi˘ sia´ sen` zo˘ ded mo´

屙痢肚：拉肚子。
o` li⁺ du´
發病：生病。
bod piang⁺

229

阿姆：當然做得，愛記得帶茶罐，外背日頭當烈，無會**熱著**。
dong` rhan zo´ ded oi` gi` ded dai` ca gon` ngo+ boi` ngid teu dong` lad mo voi+ ngied` do´

爸爸：行山路个時節愛注意腳下，毋好著傷咧。
hang san` lu+ gai` shi zied oi` zhu` rhi` giog ha+ m ho´ chog` shong` le`

政安：無問題！
mo mun` ti

食飽晝過後，政安摎文希共下來到山頂。
shid` bau´ zhiu` go` heu+ zhin` on` lau` vun hi` kiung+ ha+ loi do` san` dang´

熱著：中暑。
ngied` do´
著傷：受傷。
chog` shong`

230

政安：哇！這位个空氣已好，歸隻人都試著當鬆爽，還做得聽著鳥仔个歌聲，還好哪！
ua´　lia` vui+ gai` kung` hi` i` ho´　gui` zo`
zhag ngin du+ chi` do` dong` sung` song´ han ho´
ded tang` do´ diau` er gai` go shang`
na´

文希：無毋著，偓兩儕尋一隻好位仔，坐下來開始畫圖咧。
mo m chog`　en` liong´ sa cim rhid zhag ho´
vui+ er　co` ha` loi koi` shi´ fa+ tu le`

政安：你看，樹頂該膨尾鼠个背囊摎頸根有特別个花色。
ngi kon`　shu+ dang` gai pong´ mui chu` gai` boi`
nong lau` giang´ gin` rhiu` tid` pied` gai` fa` sed

背　囊：背部。
boi` nong

頸　根：脖子。
giang´ gin`

231

文希：

偓 頭 下 還 有 看 著 毛 色 盡 靚
ngai teu ha⁺ han rhiu kon´ do´ mo` sed cin⁺ ziang`
个 鳥 仔 ， 佢 个 目 眉 毛 係 白
gai´ diau` er gi gai´ mug mi mo` he´ pag
色 个 。
sed gai´

政安：

水 彩 筆 在 偓 手 項 就 像 「 孫
shui´ cai´ bid di´ ngai shiu´ hong⁺ ciu⁺ ciong´ sun`
猴 七 十 二 變 。 」 偓 愛 摎 看
heu cid shib` ngi⁺ bien` ngai oi´ lau` kon´
著 个 都 畫 下 來 ， 分 其 他 人
do´ gai´ du⁺ fa` ha` loi bun` ki ta` ngin
看 到 目 珠 都 毋 盼 得 瞷 。
kon´ do´ mug zhu` du⁺ m pan` ded ngiab

諺客料理

孫 猴 七 十 二 變
sun` heu cid shib` ngi⁺ bien`
孫悟空七十二變，指變化很多。

頭 下：剛剛。
teu ha⁺

目 眉 毛：眉毛。
mug mi mo`

目 珠：眼睛。
mug zhu`

毋 盼 得：捨不得。
m pan` ded

文希：「賣花講花紅，賣茶講茶香！」，這就係在講你，遽遽動筆較實在，無一下仔天色就暗咧。
mai⁺ fa` gong´ fa` fung mai⁺ ca gong´ ca hiong` lia` ciu⁺ he ˇ di ˇ gong´ ngi mo rhid ha⁺ er tien` sed ciu⁺ am ˇ le`

日	頭	落	山	咧	。
ngid	teu	log`	san`	le`	

文希： 正經係「一樣米畜百樣人」你講个實在有影，若畫裡肚个鳥仔就像印上去个，𠊎畫个擎你比就差遠咧。
zhin ˇ gin` he ˇ rhid rhong⁺ mi ˇ hiug bag rhong⁺ ngin ngi gong´ gai ˇ shid` cai⁺ rhiu` rhang´ ngia fa⁺ di` du´ gai ˇ diau` er ciu⁺ ciong ˇ rhin` shong⁺ hi ˇ gai ˇ ngai fa⁺ gai ˇ lau ngi bi` ciu⁺ ca` rhan´ le`

政安： 承蒙你个阿腦，𠊎還敗勢哦！
shin mung ngi gai ˇ o` no´ ngai han pai⁺ she ˇ o´

敗勢：不好意思。
pai⁺ she ˇ

諺客料理

賣花講花紅，賣茶講茶香
mai⁺ fa` gong´ fa` fung mai⁺ ca gong´ ca hiong`
意思相似於老王賣瓜，自賣自誇。

一樣米畜百樣人
rhid rhong⁺ mi ˇ hiug bag rhong⁺ ngin
一樣米養百樣人。

233

政安：
恁俚遽遽轉屋，𠊎姆有煮
en` li giag giag zhon´ vug　　ngai me` rhiu` zhu´
好食到舌嫲會吞落去个炆
ho´ shid` do` shad` ma　voi⁺ tun` log` hi` gai` vun
爌肉等恁俚。
kong` ngiug den` en` li

文希：
哇！還好哪，𠊎都等毋掣
ua` 　 han ho´ na´　　ngai du⁺ den´ m chad
咧，煞煞轉去哩喲。
le`　 sad sad zhon´ hi` lio´

舌嫲：舌頭。
shad`ma

235

句型練習

1. ……愛……毋好……

   例：行山路个時節愛注意腳下，毋好著傷咧。

2. ……A 到……會……

   例：𠊎姆有煮好食到舌嫲會吞落去个炆燜肉等偲俚。

試題練習

( ) 1 根據對話，請問食飯食忒遽消化毋好可能會仰般？
(1) 頭那痛 (2) 屙痢肚 (3) 牙齒痛

(　　) 2 根據對話，請問文希看著个鳥仔，目眉毛係麼个色？

(1) 烏色 (2) 紅色 (3) 白色

(　　) 3 請問「賣花講花紅，賣茶講茶香」最接近下背哪隻意思？

(1) 千變萬化 (2) 好食懶做 (3) 自賣自誇

(　　) 4 根據對話，請問麼儕畫个圖較好？

(1) 政安 (2) 文希 (3) 共樣好

(　　) 5 根據對話，請問政安講个「敗勢」較接近下背哪隻情況？

(1) 試著畏羞 (2) 愛人捧手 (3) 做毋著事

6 請問在文章肚「孫猴七十二變」係用來形容麼个？

7 在文章肚，文希講著「一樣米畜百樣人」，做麼个佢會恁樣講？

第十八課
ti⁺ shib` bad ko˘

① 未來愛做
vui⁺ loi oi˘ zo˘

麼个頭路
ma´ gai˘ teu lu⁺

作者：馬如均

放 寮 日 政 安 摎 阿 姆 去 尋 親 戚 。
biongˇ liau⁺ ngid zhinˇ on` lau` a⁺ me` hi` cim cin` cid

阿姆: 政 安 , 愛 喊 人 哦 。
zhinˇ on` oi` ham` ngin o`

政安: 阿 姨 好 。
a⁺ rhi ho`

阿姨: 政 安 , 恁 久 無 看 著 , 恁 大 咧 , 仰 生 到 恁 緣 投 呢 !
zhinˇ on` anˇ giu` mo konˇ do` anˇ tai⁺ le` ngiongˇ sang` do` anˇ rhan dau no

政安: 阿 姨 看 起 來 乜 還 恁 靚 。
a⁺ rhi konˇ hi` loi me` han anˇ ziang`

阿姨: 還 會 講 話 哦 ! 你 這 下 幾 多 歲 咧 ? 幾 時 愛 畢 業 啊 ?
han voi⁺ gong` voi` o` ngi lia` ha⁺ gi` do soi` le` gi` shi oi` bid ngiab` a⁺

恁 久：這麼久。
anˇ giu`

緣 投：英俊帥氣。
rhan dau

240

政安：
偓 十 九 歲 ， 正 大 學 一 年 生 ，
ngai shib` giu` soi` zhang` tai⁺ hog` rhid ngien sen`
還 愛 三 年 正 做 得 畢 業 啦 。
han oi` sam` ngien zhang` zo` ded bid ngiab la`

阿姨：
該 你 有 想 好 你 將 來 愛 食 麼
gai ngi rhiu` siong´ ho´ ngi ziong` loi oi` shid` ma´
個 頭 路 無 ？
gai` teu lu⁺ mo

政安：
有 ， 因 為 偓 盡 好 畫 圖 ， 所
rhiu` rhin` vui⁺ ngai cin⁺ hau` fa⁺ tu so´
以 美 術 係 做 得 變 做 偓 未 來
rhi` mui` sud` he` zo` ded bien` zo` ngai vui⁺ loi
個 頭 路 就 好 咧 。 偓 就 做 得
gai` teu lu⁺ ciu` ho´ le` ngai ciu⁺ zo` ded
「 天 轉 笠 嫲 花 」 ， 自 由 自
tien` zhon´ lib ma fa` cii⁺ rhiu cii⁺
在 個 畫 圖 。
cai⁺ gai` fa⁺ tu

諺客料理

天 轉 笠 嫲 花
tien` zhon´ lib ma fa`
得意快樂、自由自在、無拘無束的樣子。

正：才、才可以。
zhang`

頭 路：工作。
teu lu⁺

阿姨：你有自家个興趣係當好，還過人講：「了田了地，毋會了手藝。」毋過……美術敢會賺錢？
ngi rhiu cid ga` gai` him^ ci` he^ dong` ho`
han go^ ngin gong` liau` tien liau` ti^+
m voi^+ liau` shiu` ngi^+ m go^
mui` sud` gam` voi^+ con^+ cien

阿姨：毋當開一間店仔，自家做頭家，經營細細个生理。
m dong` koi` rhid gien` diam` er cid ga` zo^
teu ga` gin` rhin se^ se^ gai^ sen` li`

頭　家：老闆。
teu ga`
生　理：生意。
sen` li`

諺客料理

了田了地，毋會了手藝
liau` tien liau` ti^+　　m voi^+ liau` shiu` ngi^+

田地可能會敗光，但手藝不會敗掉。說明擁有一技之長的重要性。

阿姨：抑係去銀行坐在辦公室，逐日九點上班，六點就下班，敢毋係已好？
rha⁺ he˘ hi˘ ngiun hong coˋ di˘ pan⁺ gungˋ shid, dag ngid giu´ diam´ shongˋ banˋ, liug diam´ ciu⁺ haˋ banˋ, gam´ m he˘ iˋ ho´?

你揣政安會仰般應阿姨呢？
ngi ton zhin˘ onˋ voi⁺ ngiong´ banˋ en˘ a⁺ rhi no˘?

句型練習

1　因為……所以……

例：<u>因為</u>𠊎好畫圖，
　　<u>所以</u>美術係做得變做𠊎未來个頭路就好咧。

_____

_____

2　……毋當……

例：你<u>毋當</u>開一間店仔，
　　自家做頭家，經營細細个生理。

_____

_____

試題練習

(　) 1 根據對話，請問下背哪隻係阿姨建議政安做个頭路？
　　(1) 頭家 (2) 工人 (3) 警察

(　) 2 政安講，阿姨看起來乜還恁靚。

請問政安个意思係講阿姨仰般？

(1) 當好看 (2) 當後生 (3) 當媸

(　) 3 請問去人屋下个時節較毋會帶麼个東西送分人？

(1) 好食个水果 (2) 張瀊瀊个等路 (3) 屙糟个衫褲

(　) 4 「𠊎十九歲，正大學一年生」請問「生」个讀音㧯下背哪隻詞彙裡肚个「生」共樣？

(1) 醫生 (2) 生份 (3) 後生

(　) 5 請問「了田了地，毋會了手藝」㧯下背哪隻有共樣个意思？

(1) 手藝个學習 (2) 專長个重要 (3) 感恩个心情

5 請問你未來想愛做麼个頭路呢？
請講看啊，分享若理由。

6 請問你試著選擇頭路个時節，興趣摎月給哪隻較重要呢？請分享若理由。

第十九課
ti˙ shib` giu´ koˇ

② 未來愛做麼个頭路
vui˙ loi oiˇ zoˇ ma´ gaiˇ teu lu˙

作者：馬如均

政安：承蒙阿姨个關心。𠊎知阿姨恁樣講係為著𠊎好，毋過𠊎還係想趕後生時節，行自家个路。
shin mung a⁺ rhi gai` guan` sim` ngai di` a⁺
rhi an ngiong gong` he´ vui⁺ do´ ngai ho´ m
go´ ngai han he´ siong` gon´ heu⁺ sang´ shi zied
hang cid ga` gai` lu⁺

政安：就像阿伯去市場賣自家擛个衫褲，係因為佢个興趣；阿叔做警察，係因為厥心肝肚有正義感。
ciu⁺ ciong` a⁺ bag hi` shi⁺ chong mai⁺ cid ga` lien
gai` sam` fu⁺ he´ rhin` vui⁺ gi gai` him´ ci`
a⁺ shug zo´ gin` cad he´ rhin` vui⁺ gia
sim` gon` du´ rhiu` zhin` ngi⁺ gam´

政安：𠊎毋驚無賺錢，較省兜仔還過煞猛做事，日仔應該還過得去。
ngai m giang` mo con⁺ cien ha´ sang´ deu` er
han go´ sad mang´ zo´ she⁺ ngid er rhin` goi
han go´ ded hi`

後 生：年輕。
heu⁺ sang´
擛：縫製。
lien
做 事：工作。
zo´ she⁺

阿姨：好啦，後生人有自家个想法乜當好。
ho´ la` heu⁺ sang` ngin rhiu` cid ga` gai´ siong´
fab me˘ dong` ho´

阿姆：係啊。人講：「降子身無降子心。」細人仔大咧自然有自家个路愛行，偲俚支持佢兜就好。
he˘ a⁺ ngin gong´ giung´ zii shin` mo
giung´ zii sim` se˘ ngin er tai⁺ le` cii⁺
rhan rhiu` cid ga` gai´ lu⁺ oi˘ hang en` li
gi` chi gi deu` ciu⁺ ho´

拜一轉學校上課，下課時間政安摎文希打嘴鼓。
bai˘ rhid zhon´ hog` gau´ shong´ ko˘ ha` ko˘ shi
gien` zhin´ on` lau´ vun´ hi` da´ zhoi˘ gu´

諺客料理

降子身無降子心
giung´ zii shin` mo giung´ zii sim`

生下小孩的身體，卻無法生育小孩的心理。指子女的想法不是父母能替他們決定的。

249

文希： 昨(co`) 哺(bu`) 日(ngid`) 𠊎(ngai) 摎(lau`) 爺(rha) 哀(oi`) 轉(zhon´) 阿(a⁺) 公(gung`) 屋(vug) 下(ha`) 搛(ten´) 手(shiu´) 耕(gang`) 田(tien)，做(zo´) 到(do´) 當(dong`) 悿(tiam´)。𠊎(ngai) 當(dong`) 想(siong´) 摎(lau`) 先(sin`) 生(sang`) 請(ciang´) 假(ga´)。

政安： 敢(gam´) 正(zhin´) 經(gin`)？今(gim´) 哺(bu`) 日(ngid`) 有(rhiu`) 考(kau`) 試(shi´) 呢(ne`)

文希： 當(dong`) 然(rhan) 係(he) 講(gong´) 笑(siau´) 个(gai`) 啦(la`)！講(gong´) 著(do´) 這(lia´)，政(zhin´) 安(on`)，你(ngi) 放(biong´) 寮(liau⁺) 日(ngid) 去(hi´) 哪(nai⁺)？

政安： 𠊎(ngai) 摎(lau`) 阿(a⁺) 姆(me`) 去(hi´) 尋(cim) 阿(a⁺) 姨(rhi)，佢(gi) 勸(kien`) 話(va⁺) 𠊎(ngai)，係(he`) 摎(lau`) 美(mui`) 術(sud`) 準(zhun´) 做(zo´) 頭(teu) 路(lu⁺)，可(ko´) 能(nen) 會(voi⁺) 無(mo) 飯(pon⁺) 好(ho´) 食(shid`)。

勸(kien`) 話(va⁺)：勸告、勸導。

文希：人講：「心專石穿。」你
ngin gong´　　　　sim` zhon` shag` chon`　　ngi
恁認真，又煞猛練習畫圖
an´ ngin+ zhin`　rhiu+ sad mang´ lien+ sib` fa+ tu´
又有熱情，定著會成功啦！
rhiu+ rhiu+ ngied cin´　tin+ chog` voi+ shin´ gung´ la`

政安：承蒙你个鼓勵，𠊎乜試著
shin´ mung´ ngi gai´ gu´ li+　ngai me´ chi´ do´
係恁樣。
he´ an´ ngiong

文希：毋使細義，共下為偃俚个
m` sii´ se´ ngi+　kiung+ ha+ vui+ en` li gai´
目標加油！
mug piau` ga´ rhiu´

客家料理

心專石穿
sim` zhon` shag` chon`
專一心思則無事不成。

句型練習

1 ……係……可能……

例： 佢勸話𠊎，
係摎美術準做頭路，可能會無飯好食。

_____

_____

2 ……又……又……

例： 你恁認真，
又煞猛練習畫圖又有熱情，定著會成功啦！

_____

_____

試題練習

( ) 1 根據對話，請問政安个阿伯在哪位做事？
(1) 市場 (2) 銀行 (3) 派出所

( ) 2 根據對話，請問文希包尾有摎先生請假無？

(1) 有，因為佢還愛去摎阿公揙手做田事

(2) 無，因為無重要个事情，無請假乜無要緊

(3) 無，佢單淨摎政安講笑定定，毋係正式个

( ) 3 「這個演唱會＿＿有已多有名又有才華个歌手參加，＿＿愛搶著門票實在無恁簡單。」

請問下背哪隻句型放入＿＿肚最適當？

(1)……又……又……

(2) 因為……所以……

(3) 除忒……還過……

( ) 4 「摎阿姆打嘴鼓个時節，佢＿＿頭擺阿公在＿＿比賽＿＿，分大家聽到笑到會死。毋過因為違規，所以拿著最尾一名。」請問下背三隻詞彙用麼个順序放入＿＿肚最適當？

①講古 ②講笑科 ③講著

(1) ①②③ (2) ③①② (3) ②③①

5 根據對話,請講看啊,做麼个阿姆會㧯阿姨講「降子身無降子心」這句話?

6 若係你堵著像政安个阿姨恁樣勸話你,你會仰般應佢?

第二十課
ti⁺ ngi⁺ shibˋ koˇ

五月節無食粽仔
ngˊ ngiedˋ zied mo shidˋ zungˇ er

作者：宋家蓁

五月節連假到咧，文希湊
ng´ ngied` zied lien ga´ do` le` vun hi` ceu`
政安、宇泰摎若桐去莊下
zhin` on` rhi´ tai` lau` rhog tung hi` zong` ha⁺
尋厥公寮一日，毋過佢兜，
cim gia gung` liau⁺ rhid ngid m go` gi deu`
搞到昶暗無赴著尾枋車
gau´ do` tiong´ am` mo fu` do` mui biong` cha`
所以就在厥公屋下歇一暗
so´ rhi` ciu⁺ di` gia gung` vug ha` hied rhid am`
。打早政安分打紙炮个聲
da´ zo´ zhin` on` bun da´ zhi´ pau` gai` shang`
吵醒。
cau siang´

政安：恁早仰會有紙炮聲？這下
an´ zo´ ngiong´ voi⁺ rhiu` zhi´ pau` shang` lia´ ha⁺
又還吂過年。
rhiu⁺ han mang go` ngien

文希：今晡日係𠊎叔伯阿姊結婚
gim` bu` ngid he` ngai shug bag a´ ze gied fun
啦！係新娘公來接佢咧。
la` he` sin` ngiong gung` loi ziab gi le`

五月節：端午節。　打早：一大早。
ng´ ngied` zied　　　　da´ zo´
粽仔：粽子。　　　　打紙炮：放鞭炮。
zung` er　　　　　　　da´ zhi´ pau`
昶：太……。　　　　新娘公：指剛結婚或正要結婚的男子。
tiong´　　　　　　　　sin` ngiong gung`

政安：該新娘公去接新娘個時節還愛做麼个啊？
gai sin` ngiong gung` hi^v ziab sin` ngiong gai^v shi zied han oi^v zo ma´ gai^v a+

文希：其實𠊎乜無麼个知呢！淨知新娘屋下在新娘公來以前，愛拜神明還過阿公婆。
ki shid` ngai me^v mo ma´ gai^v di` ne` ciang+ di` sin` ngiong vug ha^v di^v sin` ngiong gung` loi rhi` cien oi^v bai^v shin min han go^v a+ gung` po

宇泰：恁多禮數哦！
an´ do` li` su^v o´

若桐：咦？仰試著你摎若姊毋熟事，因為𠊎看你都無去摎佢搵手。
i´ ngiong´ chi^v do´ ngi lau^v ngia ze m shug` sii+ rhin` vui+ ngai kon^v ngi du+ mo hi^v lau^v gi ten^v shiu´

阿 公 婆：祖先。
a+ gung` po

熟 事：熟識。
shug` sii+

文希：雖然佢係𠊎滿叔公个孫女，毋過平常時當少聯絡，毋係有一句話講：「一代親，二代表，三代就閒了了。」無麼个熟事當正常啦！

sui` rhan ge` he` ngai man` shug gung` gai` sun` ng` , m go` pin shong shi dong` shau` lien log` , m he` rhiu` rhid gi` fa` gong` rhid toi⁺ cin` , ngi⁺ toi⁺ biau` , sam` toi⁺ ciu⁺ han liau´ liau´ 。」 mo ma` gai` shug` sii⁺ dong` zhin` shong la`

宇泰：難怪你這下正想起佢今晡日結婚。

nan guai` ngi` lia` ha⁺ zhang` siong` hi` gi gim` bu` ngid gied fun`

滿：家中排行最小的。
man`

諺客料理

一代親，二代表，三代就閒了了
rhid toi⁺ cin` , ngi⁺ toi⁺ biau` , sam` toi⁺ ciu⁺ han liau´ liau´

意指親戚關係會因年代越久遠，關係越淡薄。

文希：毋過𠊎叔公昨晡日堵著𠊎个時節，還有請恁俚共下去食酒，就在伯公下該片，離這位當近，𠊎等下帶你兜過去。
m go' ngai shug gung` co' bu` ngid du do' ngai gai' shi zied han rhiu' ciang' en` li kiung+ ha+ hi' shid` ziu' ciu+ di' bag gung ha' gai pien' li lia' vui+ dong` kiun` ngai den' ha+ dai' ngi deu` go' hi'

若桐：好啊！承蒙，毋過，仰毋係在餐廳辦啊？
ho' a+ shin mung m go' ngiong' m he' di' con` tang` pan+ a+

文希：恁俚當輒在伯公下辦活動，像係做平安戲个時節，這位就會當鬧熱。
en` li dong` ziab` di' bag gung ha' pan+ fad` tung+ ciong' he' zo` pin on` hi' gai' shi zied lia' vui+ ciu+ voi+ dong` nau+ ngied`

堵 著（du do'）：遇到。

食 酒（shid` ziu'）：喝喜酒；喝酒，在此指喝喜酒之意。

伯 公 下（bag gung ha'）：土地公廟、土地公廟旁。

平 安 戲（pin on` hi'）：臺灣客家傳統禮俗之一。民間為感謝上蒼和神明庇佑五穀豐收，紛紛舉行平安祭，鄉民備妥供品祭祀神明，並演戲酬神。

文希：莊近(zong` kiun`)隔壁(gag biag)戴兩片當(dai' liong' pien' dong`)分(bun`)嫁(ga`)係(he')姊同學(ze hev tung hogˋ)，吾個國中(nga gai' gued zhung)姊過頭(ze go' teu)還(han')，所以就辦在這(so' rhi` ciu⁺ pan⁺ di⁺ lia')。

政安：啊(a`)！該(gai)俚(en` li)過去(go' hi`)愛包(oi' bau`)禮(li`)無(mo)

文希：毋使啦(m sii' la`)，叔公講(shug gung` gong')佢兜(gi deu)無(mo)收紅包(shiu` fung bau`)，俚今晡日(en` li gim` bu' ngid)歡喜去食酒就好咧(fon` hi' hi' shid` ziu` ciu⁺ ho' le`)！

宇泰　**若桐**　**政安**：耶(ie`)！

260

句型練習

1. ……愛……還過……

   例：新娘屋下在新娘公來以前，<u>愛</u>拜神明<u>還過</u>阿公婆。

2. 雖然……毋過……

   例：<u>雖然</u>佢係𠊎滿叔公个孫女，<u>毋過</u>平常時當少聯絡。

試題練習

(　) 1　根據對話，請問文希愛結婚个叔伯阿姊，係佢麼人个孫女？

(1) 大姑婆 (2) 二姨婆 (3) 滿叔公

( ) 2 根據對話，請問文希、政安、宇泰摎若桐，這個五月節主要係食麼个東西？
(1) 食酒 (2) 食紅粄 (3) 食紅酒

( ) 3 根據對話，請問文希个叔伯阿姊結婚係在哪位辦个？
(1) 餐廳 (2) 伯公下 (3) 禾埕

( ) 4 請問滿叔公个「滿」係摎下背哪隻詞个意思共樣？
(1) 滿月 (2) 滿子 (3) 這滿

( ) 5 「雖然佢兜係叔伯姊妹，若係無輒常聯絡，就會＿＿＿，堵著就像生份人共樣。」
請問下背哪隻諺語放入＿＿＿肚最適當？
(1) 目珠花花，瓠仔看做係菜瓜
(2) 等水難滾，等子難大
(3) 一代親，二代表，三代就閒了了

6 對話个內容有講著結婚愛拜阿公婆,請問你有拜阿公婆个經驗無?係在麼个時節拜?愛準備哪兜東西?請講出你个經驗。

7 請問五月節个時節,你會做哪兜活動呢?
請講出若經驗。

客語能力認證初級應考策略

―― 考前須知 ――

考試腔別	共分為四縣腔、海陸腔、大埔腔、饒平腔、詔安腔,考生可選擇其中一種腔調應試
考試題型	考試分為三大項目,含聽力、口語、閱讀測驗
考試時長	單次考試時間約為40分鐘(含準備時間)
及格分數	50分(含)以上為基礎級,70分(含)以上為初級。滿分為100分
初級各題型通過門檻	聽力測驗12分以上、口語測驗13分以上、閱讀測驗8分以上
考試項目	聽力測驗: 單句理解、對話理解,皆為3選1選擇題。 口語測驗: 複誦、看圖表達、口語表達 閱讀測驗:3選1選擇題。
注意事項	1. 需帶准考證、身分證等證件進場考試。 2. 試音響時一定要確實,耳機確認完成後不要再碰觸。 3. 全程電腦作答,畫面右上角可調整字型大小及音量。 4. 口語之內容不可提及可辨認考生身分之人名。 5. 口語測驗時,一定要等到「鈴響」或「請回答」後再開始答題。 6. 請勿使用電子穿戴式裝置(包括電子手環、電子錶、手機、電子計算機……等)。 7. 初級考試時會多1題試考題、在每大題的第1題,試考題不算分數。

題型如有變更,以客家委員會網站公告為準。

應考重點及策略

聽力測驗	作答重點	單句理解、對話理解,每題題目都會唸2遍。 文字選項題:選項會唸出,螢幕不會顯示選項,僅顯示題號。 圖片選項題:選項不唸出,螢幕顯示圖片。 聽力測驗每題唸完後會有幾秒作答時間,唸題目的同時就可以點選答案。有答案就可以先選囉!
	作答策略	1. 對於題庫的題目越熟悉,作答時會越得心應手。 2. 同一張選項圖片可能會對應到多個題目,因此考試時務必把題目聽完後,再進行作答哦! 3. 聆聽時要專注聽關鍵詞,選項也要聽清楚。 4. 對話理解特別要注意男聲與女聲的發音,並且清楚題目要問的內容。 5. 聽力測驗題目會播兩次,建議第一次聽完心裡要先有答案,第二次時再聽一次當確認。 6. 聽力測驗為三選一選擇題,要善用刪去法。 7. 聽力題雖然較為簡單,但準備時仍不可忽略。
口語測驗	複誦	作答重點 1. 聽完客語簡單短句後,考生重複講出題目所唸的句子。 2. 題目會唸兩遍,但題目的文字不會出現顯示在螢幕中。 作答策略 1. 瞬間記憶的考題一定要好好把握,平時需多練習用客語表達,以保持客語的語感。 2. 第一次聆聽時,可以先試著聽懂整個句子的意思,第二次詳細記憶整句話,再盡量完整複誦。 3. 每題約7~16字,複誦一次就好,不要回答問題或翻譯成其他語言。 4. 聆聽題目時務必要專注,聽到鈴聲再回答。 5. 考場可能會有其他腔調的考生,回答時不要被他人影響。 6. 回答時間有10秒,要注意時間。

應考重點及策略

口語	看圖表達 口語表達	**作答重點** 1. 依據題目音檔及文字，描述圖片內容或回答問題。 2. 看圖表達的題目會有圖片與文字，題目只會唸一次。需從圖片中找到答案的線索，以客語回答問題，每題作答時間20秒。 3. 回答時注意要切題，積極嘗試用客語表達。 4. 每題所要求的表達重點可能都不一樣，要聽清楚題目的方向。 **作答策略** 1. 聆聽題目時，心裡可先作答一次。 2. 注意題目要問的關鍵詞，回答時務必要回答重點。 3. 請使用客語來進行完整的答覆。 4. 作答時間有20秒，回答完整即可停下，時間留白沒關係。 5. 多練習重點詞彙的表達，客語回答才能順暢。 6. 練習從詞彙開始，再結合句型 (可參考本書第二章句型練習) 變成句子。

練習口語時會遇到的問題

Q：練習時沒有人聽我講得正不正確怎麼辦？

A：可以善用初級題庫「複誦」音檔，自己唸一句，再聽音檔，看自己唸得正不正確。

閱讀測驗	**作答重點** 1. 三選一選擇題，善用刪去法。 2. 閱讀測驗總作答時間5分鐘。 3. 作答中需自行按下一題作答，作答完畢可以回頭重複檢查多次。 **作答策略** 1. 平時可以多讀題庫多練習。 2. 練習時要找出易錯難題多複習。 3. 練習 (看答案) 時可以試著唸出聲音，熟悉題目。 4. 實際作答時可在心裡默唸題目，對於答案選擇會有幫助。

應考準備

1 考前熟悉考試方式

可至「客語能力認證網頁」官方網站進行線上試考練習。
聽力練習：客家廣播電臺、客家電視台等是你的好選擇！

2 口語練習

1. 熟悉題庫(複誦、看圖表達、口語表達)題目。
2. 除了題庫本之外，也要多學習生活對話。多與他人開口說客語，對於口語表達有很大的幫助。
3. 看影片學客語：哈客網路學院

3 總結

1. 每日練習：考前自行規劃每日一進度複誦、閱讀、聽力等，並可將口語表達、看圖表達以文字書寫在題庫本上，增加記憶。
2. 聽到不會/不懂的，要查清楚。

考場注意事項

- 考前先至考場外確認座號。
- 到座位時請確認三個准考證號碼及腔調要一致。
- 聽說讀測驗：准考證、座位號碼(腔別)、電腦機台號碼(腔別)。
- 身分證、准考證須放在桌上供監試人員查驗。
- 個人物品一律放教室邊，手機關機。

祝福大家

考題都會 答案都對

順利高分通過初級認證！

客家結緣情感長
語言文化世界揚
認真講客盡優良
證明客家實力強

客語能力認證初級重要詞彙

顏色

客語	音標	華語
紅色	fung sed	紅色
黃色	vong sed	黃色
烏色	vu` sed	黑色
綠色	liug` sed	綠色
藍色	lam sed	藍色
青色	ciang` sed	綠色/藍色
白色	pag` sed	白色
柑仔色	gam` er sed	橘色

動物

客語	音標	華語
貓仔	ngiauˇ er	貓
狗仔	gieuˊ er	狗
老虎	loˊ fuˊ	老虎
羊仔	rhong er	羊
長尾猴	chong mui` heu	長尾猴
長頸鹿	chong giangˊ lug`	長頸鹿
角	gog	角
頸根	giangˊ gin`	脖子

活動

客語	音標	華語
泅水 / 洗身仔	ciu shuiˊ / seˋ shinˋ er	游泳
騎自行車	ki cii⁺ hang chaˋ	騎腳踏車
走	zeuˊ	跑
走相逐	zeuˊ siongˋ giug	賽跑
綁大索	bongˋ tai⁺ sog	拔河
打籃球	daˊ lam kiu	打籃球
行棋	hang ki	下棋
唱歌仔	chongˇ goˋ er	唱歌
跳舞	tiauˇ vuˊ	跳舞
領錢	liangˋ cien	領錢
便所	pien⁺ soˊ	廁所
搞	gauˊ	玩
食東西	shidˋ dungˋ siˋ	吃東西
生日	sangˋ ngid	生日

數字

客語	音標	華語
一	rhid	一
二	ngi⁺	二
三	samˋ	三

客語	音標	華語
四	siˇ	四
五	ngˊ	五
六	liug	六
七	cid	七
八	bad	八
九	giuˊ	九
十	shib`	十
百	bag	百
千	cien`	千
萬	van⁺	萬
零	lang	零

形容詞

客語	音標	華語
慢	man⁺	慢
停	tin	停
還較多	han haˇ do`	還更多
圓形	rhan hin	圓形
四角形	siˇ gog hin	方形
出大日頭	chud tai⁺ ngid teu	出大太陽
烏陰天	vu` rhim` tien`	陰天

客語	音標	華語
落水	log` shiuˊ	下雨
長	chong	長
食飯前	shid` pon⁺ cien	吃飯前
著傷	chog` shong`	受傷
流血	liu hied	流血
死忒	siˊ ted	死掉

日常用品

客語	音標	華語
牙搓仔	nga coˇ er	牙刷
面帕	mienˇ paˇ	毛巾
茶箍	ca gu`	肥皂
手機仔	shiuˊ gi` er	手機
電腦	tien⁺ noˊ	電腦
翕相機	hib siongˇ gi`	照相機
高睜鞋	go` zang` hai	高跟鞋
衫	sam`	上衣
裙	kiun	裙子
目鏡	mug giangˇ	眼鏡
報紙	boˇ zhiˊ	報紙
掃把	soˇ baˊ	掃把

客語	音標	華語
時錶	shi biau´	手錶

🔸 **食物**

客語	音標	華語
黃梨	vong li	鳳梨
木瓜	mug gua`	木瓜
葡萄	pu to	葡萄
檸檬	le´ mong`	檸檬
蘋果	lin` go∨	蘋果
弓蕉	giung` ziau`	香蕉
扒仔	bad` er	芭樂
牛乳	ngiu nen∨	牛奶
麵包	mien+ bau`	麵包
青菜	ciang` coi∨	青菜
雞髀	gai` bi´	雞腿
卵	lon´	蛋
麵	mien+	麵
豆腐	teu+ fu+	豆腐
咖啡	ga` bui`	咖啡
牛肉	ngiu ngiug	牛肉
韭菜	giu´ coi∨	韭菜

客語	音標	華語
黃瓠	vong pu	南瓜
蝦公	ha gung`	蝦子
白飯	pag` pon⁺	白飯
湯	tong`	湯

地名／地點

客語	音標	華語
桃園	to rhan	桃園
新竹	sin` zhug	新竹
苗栗	miau lid`	苗栗
臺中	toi zhung`	臺中
臺南	toi nam	臺南
嘉義	ga` ngi⁺	嘉義
高雄	go` hiung	高雄
英國	rhin` gued	英國
德國	ded gued	德國
臺灣	toi van	臺灣
新加坡	sin` ga` po`	新加坡
臺北車頭	toi bed cha` teu	臺北車站
圓山	rhan san`	圓山
石牌	shag` pai	石牌

客語	音標	華語
中國	zhung` gued	中國
泰國	tai ˇ gued	泰國
中正紀念堂	zhung` zhin ˇ gi ˇ ngiam⁺ tong	中正紀念堂
公館	gung` gon´	公館
動物園	tung⁺ vud` rhan	動物園
運動坪	rhun⁺ tung⁺ piang	操場

量詞

客語	音標	華語
市	shi⁺	市
縣	rhan ˇ	縣
區	ki`	區
巷	hong⁺	巷
段	ton⁺	段
路	lu⁺	路
號	ho⁺	號
隻	zhag	個
月	ngied`	月
日	ngid	日
年	ngien	年
張	zhong`	張

客語	音標	華語
種	zhung´	種
粒	liab	粒
拜…	baiˇ…	星期…
節	zied	節
(50)個銀/箍	gaiˇ ngiun / kieu`	(50)元
(13)點	diam´	(13)點
(10)分	fun`	(10)分

方位

客語	音標	華語
北部	bed pu⁺	北部
中部	zhung` pu⁺	中部
南部	nam pu⁺	南部
頂高	dang´ go`	上面
右片/正手片	rhiu⁺ pien´ / zhinˇ shiu´ pien´	右邊
左片	zo´ pien´	左邊
上背	shong⁺ boiˇ	上面
外背	ngo⁺ boiˇ	外面
裡背	di` boiˇ	裡面

稱謂

客語	音標	華語
阿公	a$^+$ gung`	阿公
阿婆	a$^+$ po	阿婆
阿爸	a$^+$ ba`	爸爸
阿姆	a$^+$ me`	媽媽
先生	sin` sang`	老師、醫生
細人仔	se^ˇ ngin er	小孩
老人家	lo´ ngin ga`	老人
揇細人仔	nam´ se^ˇ ngin er	抱小孩
有身項	rhiu` shin` hong$^+$	懷孕
行動毋方便	hang tung$^+$ m fong` pien$^+$	行動不便

節日

客語	音標	華語
八月半	bad ngied` ban^ˇ	中秋節
轉妹家	zhon´ moi^ˇ ga`	回娘家
冬節	dung` zied	冬至
年三十	ngien sam` shib`	除夕

其他

客語	音標	華語
做得	zoˇ ded	可以
做毋得	zoˇ m ded	不行
這張圖裡肚	liaˊ zhong` tu di` duˊ	這張圖裡面
注意	zhuˇ rhiˇ	注意
朝晨	zhau` shin	早上
當晝	dong` zhiuˇ	中午
暗晡	amˇ bu`	晚上
扳好扶手	ban` hoˊ fu shiuˊ	扳好扶手
牽等	kien` denˊ	牽著
承水	shin shuiˊ	接水
桶仔	tungˊ er	桶子
愛	oiˇ	要
刷	sod	刷
清	cin`	清理
積水	zid shuiˊ	積水
分人牽走	bun` ngin kien` zeuˊ	被人拖吊

- 音標結尾為：b、d、g (非ng、ang、ong、ung結尾) 皆為入聲，發音要短促。
- 音標結尾為：b、m，該字結尾要閉口。
- 海陸腔變調：
  1.二聲(24)接任何聲調，前字要讀中平(33)。
  2.入聲一聲(5)接任何聲調，前字要讀入聲四聲(2)
- 常混淆的音標為：【j：ㄐ】、【q：ㄑ】、【x：ㄒ】、【z(i)：ㄗㄧ】、【c(i)：ㄘㄧ】、【s(i)：ㄙㄧ】、【zh：ㄓ】、【ch：ㄔ】、【sh：ㄕ】、【rh：ㄖ】

參考資料

1. 古國順、何石松、劉醇鑫，2004，《客語發音學》。臺北：五南。
2. 古國順等，2005，《臺灣客語概論》。臺北：五南。
3. 古國順等編修，2018，《客語能力認證中級暨中高級・基本詞彙（上冊）（海陸腔）》。新北：客家委員會。
4. 古國順等編修，2018，《客語能力認證中級暨中高級・基本詞彙（下冊）（海陸腔）》。新北：客家委員會。
5. 何石松、劉醇鑫，2004，《現代客語彙編續篇》。臺北：臺北市政府客家事務委員會。
6. 何石松、劉醇鑫，2007，《客語詞庫：客語音標版》。臺北：臺北市政府客家事務委員會。
7. 邱國源、劉明宗，2016，《美濃客家語寶典》。臺北：五南。
8. 客家委員會，2018，《客語能力認證基礎級暨初級・基本詞彙（海陸腔）》。新北：客家委員會。
9. 客家委員會，2018，《客語能力認證基礎級暨初級・題庫（海陸腔）》。新北：客家委員會。
10. 客家委員會，2022，《客語能力認證高級・參考詞彙（上冊）（海陸腔）》。新北：客家委員會。
11. 客家委員會，2022，《客語能力認證高級・參考詞彙（下冊）（海陸腔）》。新北：客家委員會。
12. 曾彩金總編輯，2019，《六堆詞典》。屏東：屏縣六堆文化研究學會。
13. 彭欽清、黃菊芳，2021，《百年客諺客英解讀》。臺北：遠流。
14. 劉醇鑫、林淑貞，2017，《醫護客語》。桃園：桃園市政府客家事務局、新生醫護管理專科學校。
15. 賴文英，2015，《臺灣客語語法導論》。臺北：國立臺灣大學出版中心。
16. 賴文英，2021，《初級客語講義》。桃園：賴文英。
17. 龔萬灶，2007，《客話實用手冊》。苗栗：龔萬灶。

網路資源

1. 哈客網路學院
https://elearning.hakka.gov.tw/mooc/index.php

2. 哈客網路學院客語認證詞彙資料庫
https://elearning.hakka.gov.tw/hakka/dictionary

3. 哈客網路學院客語能力認證教材及試題下載
https://elearning.hakka.gov.tw/hakka/download-files

4. 哈客網路學院客語能力認證專區、食衣住行育樂學客語
https://elearning.hakka.gov.tw/mooc/explorer.php?language

5. 客家委員會客語能力認證報名網站
https://hakkaexam.hakka.gov.tw/hakka/index.php

6. 客語能力認證中級暨中高級語料選粹（海陸腔）
https://elearning.hakka.gov.tw/hakka/download-files?c=3&d=1

7. 烏衣行海陸客語漢字轉拼音
https://oikasu.com/wp/?p=675

8. 教育部《臺灣客語辭典》
https://hakkadict.moe.edu.tw/home/

9. 教育部《臺灣客語辭典》客語知識庫
https://hakkadict.moe.edu.tw/resource/

10. 教育部《臺灣客語辭典》客語學習資源
https://hakkadict.moe.edu.tw/resource_learning/

11. 教育部臺灣客語拼音學習網（入門學習、進階學習）
https://happyhakka.moe.edu.tw/

12. 詔安客語教學資源中心
https://oikasu.com/wp/

13. 國民中小學課程與教學資源整合平臺
https://cirn.moe.edu.tw/Facet/classindex/index.aspx?HtmlName=ClassIndex1

14. 議題融入說明手冊
https://reurl.cc/96vrxa

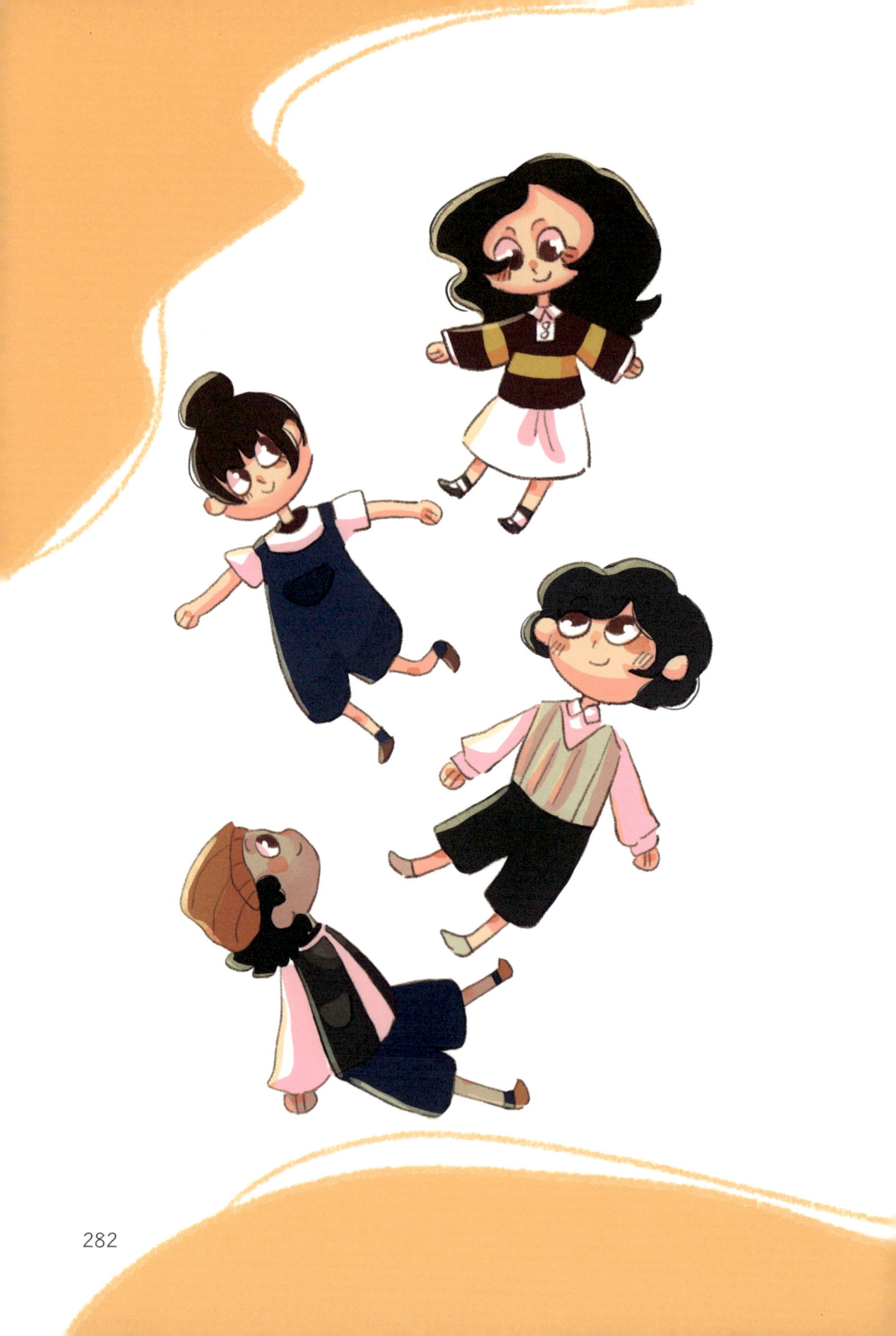

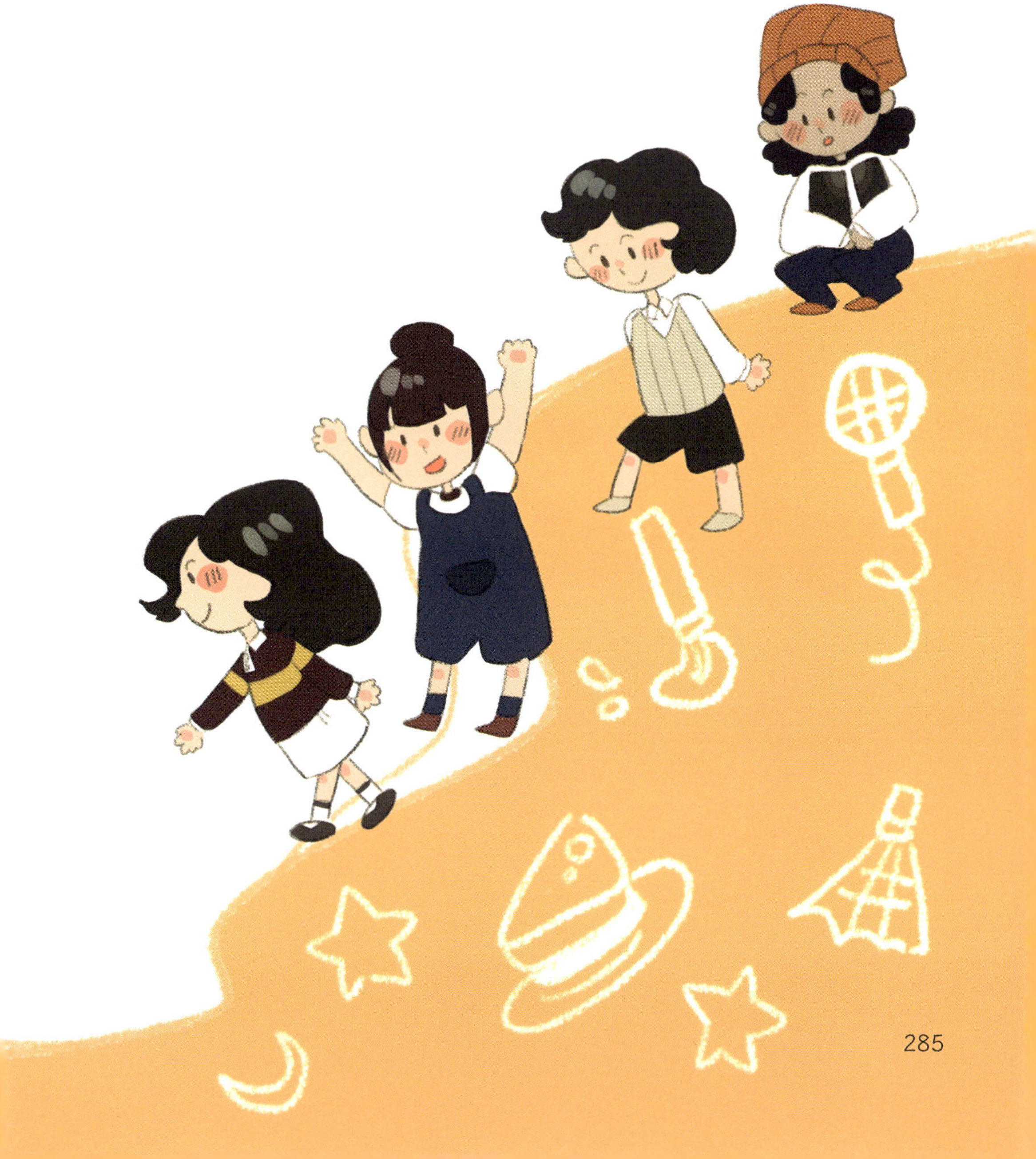

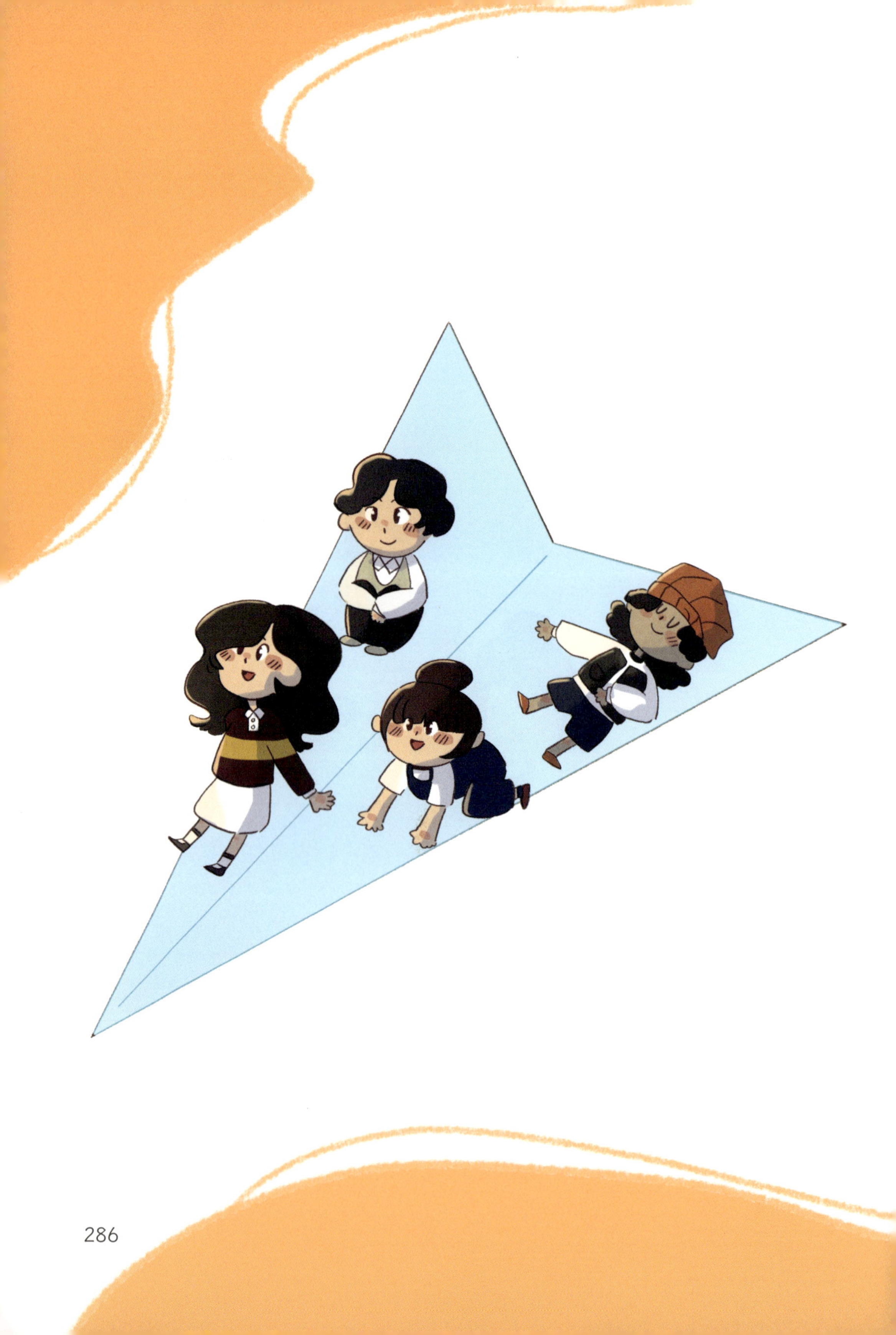

國家圖書館出版品預行編目（CIP）資料

來去學客話：海陸腔. 初級 / 李秉倫, 宋家蓁, 林以晴, 馬如均, 陳堃長, 張舒晴, 黃乙軒, 游景雯, 劉宥希, 鄭焄妤作；邱祥祐主編 -- 初版. -- 桃園市：國立中央大學出版中心；臺北市：遠流出版事業股份有限公司, 2025.01
　　面；　公分
　　ISBN 978-986-5659-63-9（平裝）

　　1.CST: 客語　2. CST: 讀本

802.52388　　　　　　　　　　　　　　113019043

來去學客話：海陸腔（初級）

主　　編：邱祥祐
總審　定：賴維凱
執行編輯：王怡靜
作者　群：李秉倫、宋家蓁、林以晴、馬如均、陳堃長、張舒晴、黃乙軒、
　　　　　游景雯、劉宥希、鄭焄妤
編輯顧問：陳秀琪、陳儀君、黃菊芳
核校委員：吳明芬、李淑娟、徐敏莉、徐維莉、彭成君、黃國政、陳美如、
　　　　　陳美妤、劉玉蕉
美術編輯：張舒晴、劉宥希、賴宇柔
編輯行政：游景雯、劉宥希
錄　　音：李秉倫、宋家蓁、林以晴、邱祥祐、陳美如、陳美妤、陳柏諭、
　　　　　陳柏諺、陳堃長、陳儀君、張舒晴、黃乙軒、曾琮紓、曾櫳震、
　　　　　游景雯、廖芳瀅、鄭焄妤、賴維凱、羅可翔

出版單位：國立中央大學出版中心
　　　　　桃園市中壢區中大路 300 號

　　　　　遠流出版事業股份有限公司
　　　　　台北市中山北路一段 11 號 13 樓

發行單位 / 展售處：遠流出版事業股份有限公司
地址：台北市中山北路一段 11 號 13 樓
電話：(02) 25710297　傳眞：(02) 25710197
劃撥帳號：0189456-1

著作權顧問：蕭雄淋律師
2025 年 1 月 初版一刷
售價：新台幣 500 元

如有缺頁或破損，請寄回更換
有著作權‧侵害必究 Printed in Taiwan
ISBN 978-986-5659-63-9（平裝）
GPN 1011400027

遠流博識網　http://www.ylib.com
　　　　　　E-mail: ylib@ylib.com

贊助單位：文化部 MINISTRY OF CULTURE